W0203020

ATRIUM

ERICH KÄSTNER

Der Zauberlehrling
Die Doppelgänger
Briefe an mich selber

Atrium Verlag · Zürich

MIX
Papier aus verantwortungsvollen Quellen
FSC® C014496
FSC
www.fsc.org

Neuausgabe
© by Atrium Verlag AG, Zürich, 2016
Alle Rechte vorbehalten
Erstveröffentlichung: 1959 und 1969 Atrium Verlag, Zürich

Umschlagmotiv: Dwight Shepler
Satz: Dörlemann Satz, Lemförde
Druck und Bindung: GGP Media GmbH, Pößneck
Printed in Germany 2016
ISBN 978-3-85535-399-6

www.atrium-verlag.com

Inhalt

Der Zauberlehrling

Ein Fragment
(1936)

Erstes Kapitel

Mintzlaff setzte langsam die Tasse nieder, lehnte sich in dem sanftgeblümten Ohrenstuhl zurück und blickte, während er die Lider senkte, hinter den kleinen freundlichen Empfindungen, die in ihm schwebten, drein, als wären es bunte Kinderballons an einem inwendigen Himmel.

›Du müsstest öfter reisen‹, sprach er zu sich selber. ›Nicht aus geographischen Erwägungen; nicht wegen irgendwelcher Fernsichten, Gletscher, Gemäldegalerien, Tropfsteinhöhlen und Ritterburgen. Du müsstest öfter reisen, um zuweilen nicht daheim zu sein. Nur unterwegs erfährt man das Gefühl märchenhafter Verwunschenheit. Nur der Fremdling ist einsam und fröhlich in einem!‹

Ihm war nicht ganz klar, ob diese einigermaßen romantische Deutung des Reisens nur für Menschen Geltung hatte, die, wie er, eigentlich lieber zu Hause blieben; es reizte ihn im Augenblick auch gar nicht, der Frage auf den Grund zu gehen.

Er musterte stattdessen die anheimelnd eingerichtete Teestube, in der er seit zehn Minuten saß, schaute dann durch die Fensterscheiben und nickte anerkennend; denn draußen schneite es still vor sich hin, und er liebte seit seiner Kindheit das schwerelose weiße Zauberballett der Flocken, als werde es von Anbeginn eigens für ihn getanzt.

Ach, und niemand konnte in dieser Stadt, wo ihn keiner kannte, kommen, ihm auf die Schulter klopfen und, ob nun klug oder dumm, entbehrliche Mitteilungen machen! Es war, um allein im Chor zu singen!

Belustigt zog er die Brauen hoch. ›Rubrik römisch eins‹, ging es ihm durch den Kopf. ›Seelischer Tatbestand: Der Mensch im natürlichen Einklang mit Eigenschicksal und Umwelt. Antwort des Gemüts: Je nach Temperament, Empfindungstiefe und -dauer abgewandelt; alle heiteren Stimmungen von Glückseligkeit bis Zufriedenheit möglich; Nullpunkt, wie in sämtlichen Sparten des Mintzlaff'schen Systems, die Indolenz. Künstlerische Antwort: Die apollinische Haltung und das harmonische Werk, vom Hymnischen bis zum Idyllischen.‹

Er griff mit ironischem Schwung in die innere Rocktasche und zog etwas hervor, das einem vielfach gefalteten Stadtplan glich. Es war freilich nichts dergleichen; außer man brächte es zuwege, Seelen und Städte einander für ähnlich zu erachten.

Nein, es war das Mintzlaff'sche Schema, und das bedeutet: ein System, in dem die Skala der menschlichen Gemütslagen und das Spektrum gewisser künstlerischer Kategorien – wie beispielsweise des Tragischen, des Komischen, des Satirischen, des Humoristischen – einander rechtwinklig und übersichtlich zugeordnet wurden. Das Ganze war, wenn man so will, eine Klima- und Wetterkarte wichtiger ästhetischer Grundbegriffe; und der Herr Begriffsstutzer, wie Mintzlaff sich selber nannte, tat sich, im Rahmen des Statthaften, mitunter einiges darauf zugute.

Ästhetiker sind seltsame Leute. Sie lieben die Künste

und die Ordnung und bringen deshalb Ordnung in die Kunst. Sie rücken der Kultur zu Leibe wie Linné seinerzeit den Blumen und Bäumen. Nun täte man solchen Fanatikern der Ordnung schweres Unrecht, wenn man sie für Pedanten halten wollte. Nein, sie wissen um das Urgeheimnis der ordnenden Tätigkeit, und das lautet: Wer Ordnung schafft, schafft!

Wer Ordnung schafft, gewinnt Einblick in die Zusammenhänge und Einsicht in die Bedeutung der Gegenstände. Indem er die Vielfalt ordnet, findet er ihre Gesetze. Die Kenntnisse kristallisieren sich zur Erkenntnis, und diese zeugt aus sich heraus oft überraschende, vorher nie gewusste, durch bloßes Suchen niemals auffindbare neue Kenntnisse. Nun, solch ein Kauz war Herr Mintzlaff, der Vater des Mintzlaff'schen Schemas. Man sah es ihm nicht an. Seine äußere Erscheinung entsprach kaum der Vorstellung, die man sich unwillkürlich von einem Kunstgelehrten macht. Weit eher glich er einem melancholisch angehauchten Eishockeyspieler.

Er war vor knapp zwei Stunden in München eingetroffen, hatte die Koffer in einem Hotelzimmer untergebracht und wollte am nächsten Tag die Reise, deren Ziel Davos war, über Stuttgart und Zürich fortsetzen.

Er liebte an München besonders, dass er es so gut wie gar nicht kannte. Als Student hatte er während dreier Tage die Münchner Museen heimgesucht. Später, als Dreißigjährigem, war ihm in dieser Stadt, im Verlauf eines halbwöchigen Aufenthaltes, eine Art Braut, ein bildschönes und unkluges Mädchen, mit einem feurigen Bildhauer durchgegangen, und die beiden hatten diesen Schritt sowie die folgenden Schritte später noch sehr bereut.

Weiter kannte Mintzlaff München nicht. So konnte er heute recht von Herzen den ersten Tag der Reise, jenes friedvollen Untertauchens in der Anonymität, auskosten.

Er lehnte sich wieder in den bequemen Ohrenstuhl zurück. Draußen schneite es noch immer. Der Himmel zuckerte die Hüte der Damen und Herren in der Brienner Straße ein, als seien's keine Kleidungsstücke, sondern kandierte Früchte.

Da! Einem würdigen Passanten flog die eingezuckerte Melone vom Kopf! Hatte der Wind Appetit?

Der Passant setzte sich in Trab. Wenn er nun, nach vielen höchst unwilligen Sprüngen, den Hut wiederfände und feststellen müsste, dass ein unsichtbares Wesen ein Stück Krempe abgebissen hätte?

Mintzlaff streckte die Beine von sich. Wie schön, wie unheimlich schön das Leben war, empfand man doch wohl erst, nachdem man erfahren hatte, wie schlimm, wie abgründig schlimm es war, dieses selbe Leben!

Da nahm jemand an Mintzlaffs Tische Platz.

Ausgerechnet in einem so einsichtsvollen Augenblick! Es war ein Mann, schön wie ein Schrank. Mit lackschwarzem, nach hinten gekämmtem Haar und einem jener ein wenig zu eleganten Schnurrbärte, denen man am ehesten in Südamerika und im Film begegnet. Mintzlaff griff hastig nach dem Mintzlaff'schen Schema, faltete es zusammen und verstaute es sorgfältig in der inneren Rocktasche. Er beschloss, die Teestube umgehend zu verlassen.

Der Fremde schien davon, dass er störte, nichts zu spüren. Er bestellte etwas zu trinken, rieb sich das Kinn, musterte die manikürten Nägel, schnippte ein Stäubchen von seinem sehr neuen Anzug und blieb eine Weile sinnend sitzen. Dann beugte er sich über den Tisch und fragte: »Haben Sie einen Spiegel bei sich?«

Mintzlaff schüttelte den Kopf und sagte unnötig laut: »Nein!«

»Schade«, erwiderte der Fremdling. »Sie müssen wissen, dass ich bis vor einer halben Stunde einen wunderschönen Vollbart trug. Der Friseur nahm daran Anstoß; und das junge Mädchen, das mir die Nägel kurzschnitt, fand sogar, ich sähe unmöglich aus.«

Mintzlaff schwieg und dachte bitter: ›Daran hat sich mittlerweile nicht das mindeste geändert!‹

Da lachte der Fremde.

Der Kunstgelehrte schaute misstrauisch auf. In diesem Moment trat die Kellnerin herzu und bediente den neuen Gast. Ehe Mintzlaff den Wunsch zu zahlen geäußert hatte, war sie weitergeglitten.

Der Fremde trank einen Schluck, wandte sich dem gekränkten Nachbarn zu und sagte freundlich: »Entschuldigen Sie, dass ich gelacht habe. Ich halte es auf alle Fälle für angebracht, Ihnen beizeiten mitzuteilen, dass ich Gedanken lesen kann.«

Mintzlaff schaute dem anderen zum ersten Male voll ins Gesicht und wurde rot. Der Mann hatte große, herrliche Augen; Augen, denen so leicht kein Blick gewachsen war. Mintzlaff war verwirrt. ›Gedankenlesen ist ein höchst unanständiges Talent‹, dachte er noch. Da antwortete der Fremde, als habe der Nachbar den Satz nicht etwa nur gedacht, sondern laut und vernehmlich ausgesprochen: »Sie haben nicht ganz unrecht. Doch man mag von einem Talent, das man hat, halten, was man will – man besitzt es eben! Man kann es nicht fortwerfen, nicht verbrennen und nicht wegschenken. Ein Talent ist kein Vollbart.«

Mintzlaff war rechtschaffen unheimlich zumute. Was war das für ein Mann? Woher kam er? Gab es denn überhaupt Telepathie von solcher Sehschärfe? Noch dazu zwischen einander völlig unbekannten Menschen? Das Beste wäre, schnellstens zu zahlen und davonzulaufen!

»Bleiben Sie«, sagte der Fremde. »Der Gedanke, Sie verjagt zu haben, wäre mir recht ärgerlich. Bleiben Sie! Machen Sie mir die Freude!« Ohne eine Antwort abzuwarten, fuhr er fort: »Ich heiße übrigens Lamotte. Baron Lamotte.«

Mintzlaff verbeugte sich und nannte seinen Namen. ›Eigentlich ist es blödsinnig, den Mund aufzutun‹, dachte er währenddem. ›Er weiß ja doch, was man sagen will, ehe man sich um die Erzeugung von Schallwellen bemüht.‹

Baron Lamotte nickte nachdenklich und meinte: »Trotzdem ist ein Zwiegespräch, bei dem nur einer den Mund auftut, eine etwas absurde Angelegenheit. Außerdem fällt Derartiges in einem Lokal natürlich auf. Und ich möchte, offen gestanden, keineswegs, dass mein, um mit Ihren Gedanken zu reden, unanständiges Talent bekannt wird.« Er unterbrach sich. »Sie wollten etwas denken«, sagte er. »Sprechen Sie es ruhig aus!«

»Ich habe eine Frage.«

»Bitte?«

»Bin ich, ohne es zu wissen, ein ungewöhnlich telepathisches Medium?«

»Nein, mein Herr.«

»Wenn Ihr Talent dann also wirklich vor keinem Menschen haltmacht ...«

»Vor keinem, mein Herr.«

Mintzlaff griff sich an die Schläfen. »Es ist nicht auszudenken!« Er dämpfte seine Stimme. »Es ist eine überwältigende Vorstellung! Sie könnten in kurzer Zeit die Börsen aller Kontinente beherrschen, vielleicht um Millionär zu werden, vielleicht um die Pest der Spekulation auszurotten! Sie könnten der genialste Diplomat Ihres Landes werden, oder der unfehlbarste Kriminalist!«

»Ich könnte sogar im Varieté auftreten«, sagte der Baron. »Ich weiß. Aber, sehen Sie, ich mag nicht. Ich finde es zweitklassig, aus dem, was andere ängstlich verschweigen, Ruhm oder Geld zu münzen. Überdies besitze ich schon zu viel Geld und sowieso zu wenig Ehrgeiz. Liegenschaften habe ich auch; mit Seen, Wäldern und Tieren. Nicht einmal die Langeweile könnte mich also dazu überreden, ein Genie, ein Milliardär oder noch Schlimmeres zu werden.« Er blickte lächelnd zu seinem verstörten Nachbarn hinüber.

Mintzlaff, der sich schon wieder durchröntgt fühlte, zuckte verlegen die Schultern.

Lamotte kniff belustigt das rechte Auge zu. »Es gibt auch andere Gründe, zu arbeiten, nicht nur die Flucht vor der Langeweile? Gewiss, mein Herr. Aber ich erinnere mich nicht, gesagt zu haben, dass ich ein notorischer Faulenzer bin. Oder habe ich es etwa gedacht?« Er drohte mit dem Zeigefinger. »Sollten Sie mir das Gedankenlesen schon abgeguckt haben?«

»Es ist allen Ernstes schrecklich«, erklärte Mintzlaff. »In Ihrer Gegenwart müsste man sich aus purer Höflichkeit das Denken abgewöhnen! Oder man müsste bereits lügen können, während man denkt – doch das ist ein Ding der Unmöglichkeit.«

»So unzulänglich sind die Menschen«, meinte der Baron.

Doch schien es ihm nicht allzu nahezugehen. »Und von einer Unzulänglichkeit soll ich profitieren?«, fragte er. »Man sollte nie durch Schlüssellöcher schauen, auch nicht, wenn sie sich in leeren oder schlecht möblierten Schädeln befinden! – Außer zum eigenen Vergnügen. Da haben Sie recht!« Er lachte entwaffnend. Mintzlaff stimmte schüchtern ein. »Entschuldigen Sie, Herr Baron«, sagte er dann. »Sie sind der erste Mensch, dem ich den Vorschlag gemacht habe, auf unmoralische Weise vorwärtszukommen.« »Aber, aber!« Baron Lamotte hob beschwörend beide Hände. »Machen Sie keine Geschichten! Sie brauchen sich nicht zu entschuldigen! Ich weihte Sie in ein Geheimnis ein, und Ihre Phantasie spielte Ihnen einen Streich – das ist doch nur natürlich!« Er schwieg einige Sekunden, beugte sich dann vor und fragte leise: »Sehen Sie den Mann mit der grünen Jägerjoppe?«

»Gewiss.«

»Haben Sie zufällig gehört, was der Kerl eben gedacht hat?«

Ehe Mintzlaff etwas erwidern konnte, schüttelte der andere den Kopf. »Pardon, ich vergaß ganz, dass Sie ja gar nicht … Da sitzt also ein Mann in einer grünen Joppe mit beinernen Knöpfen harmlos am Nebentisch, macht Augen wie ein verfrühtes Veilchen und wird seinem Gegenüber noch heute Abend zwanzigtausend Mark abpressen wollen!«

»Man sollte den anderen ins Bild setzen!«, meinte Mintzlaff.

»Zu spät«, erklärte Lamotte und betrachtete angelegentlich die Nymphenburger Vase, die, mit Alpenrosen gefüllt, auf dem Nebentisch stand.

»Zu spät?«

»Ja. Er weiß schon Bescheid. Durch die Gemahlin des Mannes in der Joppe. Aha, eine echte Rotblondine.« Der Baron lächelte nachsichtig. »Männer sind komische Leute. Während sie einander an der Gurgel packen, denkt der eine an die Haarfarbe der Frau des anderen!«

Mintzlaff versank in Schweigen. Über seiner Nasenwurzel erschien eine senkrechte Falte, schmal und tief wie eine Fechternarbe. »Halt!«, sagte der Baron hastig. »Vorsicht, mein Herr! Denken Sie rasch etwas anderes! Ich möchte mich unter keinen Umständen in Ihre augenblicklichen Gedanken mischen!«

Der Kunstgelehrte zuckte zusammen. Und eine schlanke Dame namens Hedwig, die eben noch, schön und bloß, durch sein Innenleben geschwebt war, verschwand erschrocken in einer unzugänglichen Dimension, fortgehext wie durch einen Zaubertrick. Und aus Angst, die junge Dame könne, womöglich noch immer unbekleidet, erneut hinter der Wolke des Unterbewusstseins hervorschweben, nicht ahnend, dass die Erinnerung an sie von einem wildfremden Herrn mitgedacht würde, begann Mintzlaff angestrengt das Einmaleins mit der Dreizehn in Gedanken herzubeten. ›13, 26, 39, 52, 65, 88 …‹

»Falsch«, sagte der Baron. »78!« Er wandte den Kopf und zog die Brauen hoch.

Die beiden Männer am Nebentisch hatten sich erhoben. Eine große elegante Frau trat zu ihnen und gab ihnen die Hand.

»Sie ist tatsächlich rotblond!«, flüsterte Mintzlaff.

Der Baron meinte nachlässig: »Aber die Haarfarbe ist nicht echt. Obwohl der Liebhaber es glaubt. Sie sehen, dass man auch durch Gedankenlesen nicht immer die Wahrheit erfährt!«

Die drei am Nebentisch hatten Platz genommen, unterhielten sich leise und lächelten höflich. Der Mann in der grünen Joppe hatte die Hand leicht auf den Arm seiner Gattin gelegt. Der andere Mann reichte ihr sein Zigarettenetui, gab gewandt Feuer, und sie sahen einander dabei flüchtig und scheinbar völlig konventionell in die Augen.

»Großartige Komödianten«, murmelte der Baron. »Artisten der Lüge. Man hat Mühe, ihren lautlosen und unsichtbaren Kunststücken zu folgen. Sie dürfen nicht vergessen, mein Herr, dass die drei zwar nacheinander sprechen, aber gleichzeitig denken.«

»Die Herrschaften pokern ohne Karten«, meinte Mintzlaff.

»Und sie spielen um verflucht hohe Beträge«, erwiderte Lamotte.

»Um die Existenz; der eine ums Leben.«

Mintzlaff blickte gespannt zum Nebentisch hinüber. ›Wenn die undurchsichtigen Vorhänge vor diesen Köpfen plötzlich weggezogen würden‹, dachte er, ›und die drei könnten einander in die Köpfe schauen, wie durch gardinenlose Fenster in gespenstische Zimmer, nur eine Minute lang, und dann rauschten die Vorhänge ebenso plötzlich wieder zusammen – was geschähe wohl? Würfen die Männer und die Frau, als hätten sie Feuerbrände in den bloßen Händen, die unsichtbaren Spielkarten von sich?‹

»Sie haben gefährliche Wünsche, mein Herr«, sagte der Baron. »Sie wollen ernstlich, dass drei Menschen sechzig Sekunden lang in die Hölle blicken?«

»Entschuldigen Sie, Herr Baron! Ich dachte nur …«

»Sie dachten nur?«

In diesem Moment fiel ein Stuhl um. Tassen klirrten. Der Mann in der grünen Joppe war aufgesprungen und griff sich langsam an die Kehle. Er starrte aus weit aufgerissenen, glasigen Augen auf die zwei am Tisch.

Der andere beugte sich weit vor, krallte eine Hand ins Tischtuch und wollte sich erheben. Das Tischtuch gab nach. Die Nymphenburger Vase torkelte und fiel ganz langsam um. Das Wasser lief über seine Finger und tropfte lautlos in den Teppich.

Das Gesicht der Frau sah jetzt aus, als sei es mit zerknittertem Seidenpapier überklebt. »Nein!«, schrie sie plötzlich und schielte vor Entsetzen. »Nein!« Die übrigen Gäste zuckten zusammen und blickten verständnislos auf das abwegige Schauspiel, das man ihnen bieten zu wollen schien.

Die drei waren jetzt in ihren Bewegungen erstarrt und glichen vorübergehend einer seltsamen Gruppe in einem Wachsfigurenkabinett. Sie atmeten nicht. Sie waren gelähmt.

Dann, mit einem Ruck, fiel der Zauberbann von ihnen ab. Die Frau stand wie eine Nachtwandlerin auf, ergriff ihre Handtasche und wankte aus dem Lokal. Die Tasche war offen. Die Puderdose fiel zu Boden.

Der Mann mit der grünen Joppe brach schwer in seinem Sessel zusammen.

Der andere erhob sich, ging ein paar Schritte, bückte sich nach der Puderdose, hob sie auf, ließ sie wieder fallen und schritt ohne Hut und Mantel hinaus in das Schneetreiben.

Man hörte, als er die Straße überquerte, die Bremsen eines Autos kreischen.

Mintzlaff fuhr sich über die Augen. »Um Gottes willen, Herr Baron!«, flüsterte er. Aber der Fremde saß nicht mehr am Tisch.

Zweites Kapitel

Die Nacht, die dem einigermaßen seltsamen Tage gefolgt war – zum Überfluss eine erste Reisenacht in einem Hotelbett, das an der verkehrten Zimmerseite stand –, diese Nacht war für Herrn Mintzlaff schlaflos verlaufen.

Am Nachmittag hatte er, nachdem der rätselhafte Baron vom Tisch verschwunden war, noch erleben müssen, dass der Mann in der grünen Joppe von zwei Sanitätern aus der aufgeregten Teestube in einen Krankenwagen getragen worden war. »Linksseitiger Schlaganfall«, hatte vorher ein als Gast zufällig anwesender Arzt festgestellt gehabt.

Es müsste Tage ohne Nacht geben. Es gibt keine Tage ohne Nacht. Es gibt stattdessen Nächte ohne Schlaf …

Was mochte inzwischen aus der rotblonden Frau, die gellend »Nein!« geschrien hatte, geworden sein? Und was aus dem Mann, der ohne Hut und Mantel auf die Straße gelaufen war? Wie hatte er nur jenen bösen Wunsch zu Ende denken können! Gewiss, er hatte nicht geglaubt, dass der Wunsch erfüllbar sei; jedenfalls nicht, dass ihn irgendein Gedankenleser in einer Münchner Teestube erfüllen werde! Gedanken lesen zu können, das blieb, so gespenstisch es wirkte, im Rahmen des Vorstellbaren, aber dann, das andere?

Das war viel, viel ärger. Denn das war überhaupt nicht

möglich, und es war trotzdem geschehen. Drei fremde Menschen derart zu verhexen war übernatürlich.

Selbstverständlich gab es Wunder. Im Grunde gab es überhaupt nichts außer Wundern. Doch das waren Wunder anderer Art. Es waren traditionelle, es waren, übertrieben ausgedrückt, natürliche Wunder, ganz gleich, ob es sich nun um Zellteilung, Schneeglöckchen, Lichtjahre, Liebe, Mord oder Elektrizität handelte. Doch der Vorgang in der Teestube war ein ungehöriges Wunder gewesen. Mintzlaff hatte versucht, das Erlebnis einzuordnen. Es war ihm nicht gelungen. Dass ein Apfelbaum Äpfel trägt, ist ein normales, ein angemessenes Wunder. Dass ein Apfelbaum aber Seil springt oder Klavier spielt, ist, außer im Traum und im Märchen, ganz einfach unzulässig! So etwas schickte sich nicht!

Oder hatte er die Szene zwischen den dreien völlig missdeutet? Stand sie mit dem geheimnisvollen Baron nur im zeitlichen, nicht in ursächlichem Einklang?

Der junge Mann war zweifellos aus dem Gleichgewicht geraten, und dieser beunruhigende Zustand währte bereits zwanzig Stunden, obwohl Mintzlaff München früh am Morgen verlassen und sowohl Stuttgart als auch Zürich – die Stadt mit der Märchenbrücke, von der aus man den See und die eisige Kette der im Himmelblau liegenden Bergriesen sah – im Rücken hatte.

Der Zug, in dem er nun saß, hatte längst das westliche Ufer des Sees passiert und stürmte dem weißen, stummen Gebirge entgegen. Manchmal blätterte Mintzlaff in Bergsons Untersuchung über »Das Lachen«. Zuweilen schaute er aus dem Zugfenster, als suche er draußen, außer sich,

Hilfe und Halt. Doch Landschaften und Bücher, die man bereits kennt, wirkten wohl nicht sensationell genug, um die Erinnerung an ein neues, zudem durchaus unfassliches Erlebnis fortzuzaubern.

Er schob jetzt seine Gedanken behutsam, förmlich auf Zehenspitzen, in eine andere Bahn. Warum lasen Menschen, wie er einer war, eigentlich immer wieder in den fünfhundert oder tausend Büchern, die sie längst gelesen hatten? Warum reiste er am allerliebsten immer wieder in die gleichen fünf, sechs Landschaften, die er schon kannte? Und nun: War Lesen und Reisen nicht dasselbe? Warum also reiste er, wenn er sich schon dazu aufraffte, in Gebiete, die er bereits entdeckt hatte? Was waren das für seltsam rückläufige Expeditionen?

Andere, die es abenteuernd von einer Neuigkeit zur nächsten und übernächsten lockte und trieb, hatte er zwar nie, fast nie, beneidet, aber besser, fast besser, begriffen als sich und seinesgleichen. Die anderen galoppierten, während der Sand unaufhaltsam durch das allzu kleine Stundenglas ihres Lebens rann, durch die imaginäre Landschaft der erfüllbaren und der unerfüllbaren Wünsche. Es war zu verstehen.

Mintzlaff lächelte schmerzlich. ›Ihre Neugier‹, dachte er, ›gilt dem Drum, die unsere dem Dran.‹ Im Ernst, es war eine Zumutung des Schicksals, dass es den Menschen, kaum geboren, wieder auslöschte! Welcher namenlosen Macht lag daran, die Spanne des Lebens zu kurz zu bemessen? Wem, um alles in oder über der Welt, machte denn diese Unzulänglichkeit Vergnügen? Es war doch wohl nicht anzunehmen, dass das waltende Geschick oder Gesetz schadenfroh zu sein beliebte!

Warum durfte der Mensch nicht zweihundert oder dreihundert Jahre alt werden? Was würde er leisten können und was alles erleben! Die Vorstellung war überwältigend und atemraubend, und der Schmerz darüber, dass dem nicht so war, griff mitten ins Herz. Der Mensch war eine zweibeinige Eintagsfliege. Und wurde einer wirklich einmal neunzig Jahre, verbrachte er gewiss das letzte Jahrzehnt seines Daseins mehr oder weniger verblödet und trostloser als ein wasserköpfiges Kind.

Um nicht verzweifeln zu müssen, durfte man an nichts glauben. So weit war es gekommen.

Da öffnete sich die Tür des Abteils, und Mintzlaff schaute hoch. Im Türrahmen stand Baron Lamotte!

Er nickte freundlich und fragte: »Ist es heute erlaubt, bei Ihnen Platz zu nehmen, oder störe ich Sie schon wieder?«

Er wartete keinerlei Antwort ab und setzte sich, nachdem er den Koffer ins Gepäcknetz geworfen hatte, Mintzlaff gegenüber ans Fenster.

»Ich fahre auch nach Davos«, erklärte er beiläufig, während er die Handschuhe abstreifte. »Im Übrigen sollten Sie sich wegen des gestrigen kleinen Abenteuers wirklich nicht so viele Gedanken machen. Die drei waren, wenn man genau nachrechnet, weniger wert als die Brillantohrringe der Frau.«

»Mag sein.«

»Dabei waren die Ohrringe keineswegs besonders wertvoll.«

»Mag sein«, wiederholte Mintzlaff. »Mich interessiert im Augenblick etwas anderes viel mehr.«

»Warum ich so plötzlich verschwand? Vielleicht wollte ich Ihrem maßlos erstaunten Gesicht entgehen. – Ganz recht, ich war nicht gesonnen, Ihnen auf auch nur gedachte Fragen zu antworten. Das hätte dort in der Teestube zu weit geführt. Außerdem musste ich den Mann, der ohne Hut und Mantel und, wie ich Ihnen versichern kann, ziemlich von Sinnen auf die Straße hinausgestürzt war, davor bewahren, dass er von einem Automobil überfahren wurde.« Der Baron holte ein goldenes Etui hervor und bot Zigaretten an.

Mintzlaff schüttelte beinahe unhöflich den Kopf.

Lamotte setzte eine Zigarette in Brand, schlug ein Bein über das andere und fuhr plaudernd fort: »Dann wurde der Mann zur Polizeiwache gebracht, und auch ich hatte das Vergnügen, mitkommen zu dürfen. Er sollte angeben, aus welchem Grund er sein kostbares Leben und das von drei Autoinsassen gefährdet habe. Es war kein vernünftiges Wort aus ihm herauszubringen. Er stammelte unzusammenhängendes Zeug, und niemand wurde aus ihm klug. Ein Beamter sprach mir für mein unerschrockenes Verhalten seine uneingeschränkte Anerkennung aus. Er bat mich um meine Adresse. Doch ich hatte es eilig; denn ich musste zum Schneider, um den neuen Frack abzuholen.« Baron Lamotte versenkte sich in den Anblick seiner manikürten Nägel. »Der Frack sitzt übrigens ausgezeichnet«, fügte er hinzu.

Mintzlaff schwieg. Er hatte die Finger ineinander verkrampft, dass die Gelenke weiß glänzten.

Der Baron lachte kurz auf. »Falsch gedacht, mein Herr! Heute werde ich Sie um keinen Spiegel bitten. Es ist unangenehm, nicht genau zu wissen, wie man aussieht; aber mittlerweile habe ich mich schon an mein neues Gesicht gewöhnt.« Er schaute zum Zugfenster hinaus. »Ich liebe die

Berge mehr als die Menschen. Sie sind größer, haben Zeit und Geduld und können schweigen.«

Mintzlaff hatte einen heißen Kopf. Seine Lider zitterten. Er wich dem gelassenen Blick des Fremden aus, dem Blick aus diesen großen herrischen Augen. Er senkte das Gesicht, starrte angelegentlich auf das Muster des Sitzpolsters und begann plötzlich hastig zu sprechen. Seine Stimme klang rau vor Erregung.

»Warum verfolgen Sie mich?«, fragte er halblaut. »Haben Sie mich denn noch nicht genug verwirrt? Ich habe Angst vor Ihnen, wenn Sie es nun schon wissen wollen; aber es macht mir keinen Spaß, vor anderen Menschen Angst zu haben, und ich bin es nicht gewöhnt, zum Teufel! Gehen Sie, bitte, ins nächste Abteil! Erschrecken Sie andere Leute, falls Sie ohnedem nicht leben können! Es gibt dankbareres Publikum für stellungslose Zauberkünstler als ausgerechnet mich.«

»Das glaube ich nicht«, hörte er den Baron sagen.

»Ich weiß, dass ich mich im Ton vergreife«, fuhr er heiser fort. »Ich habe auch nicht vergessen, dass es ausreichen würde, das, was ich Ihnen jetzt mitteile, nur zu denken. Aber ich habe genug davon, Ihnen gegenüber einen Taubstummen zu spielen, der den Mund allenfalls zum Gähnen besitzt. Halten Sie es denn nicht für unter Ihrer Würde, Ihre Überlegenheit an mir auszulassen? Ich will es Ihnen gern schriftlich geben, dass ich Sie für einen ungewöhnlichen Menschen halte, obwohl Ihnen bestimmt an meiner Meinung nichts liegt.«

Er stand auf und ging zur Tür. »Entschuldigen Sie meine Ungezogenheit! Ich habe ein wenig die Nerven verloren. Und da ich Ihnen nicht zumuten will, mir das Feld zu räumen, werde ich selber gehen!« Er wollte die Tür aufreißen.

Doch die Tür öffnete sich nicht, sosehr er an der Klinke rüttelte. Er versuchte es noch einmal. Dann drehte er sich langsam um und sah, mit blassem Gesicht, den Baron an.

Lamotte zuckte die Achseln und lächelte, als wisse er, dass es ja doch vergeblich sein werde, sich herauszureden. »Es stimmt«, sagte er dann. »Die Tür geht tatsächlich nur deshalb nicht auf, weil ich es so wünsche. Ein kleiner, dummer Trick, das gebe ich zu. Aber was soll ein stellungsloser Zauberkünstler wie ich schließlich weiter tun, als ein bisschen zaubern? Auch ein Talent kann zur schlechten Angewohnheit werden.« Er schien geradezu verlegen. »Versetzen Sie sich, bitte, in meine Lage! Ich kann Sie doch nicht im Bösen aus dem Abteil laufen lassen! Ich möchte, dass Sie hierbleiben, denn Sie sind mir doch sympathisch! Sagte ich Ihnen das nicht schon in München? Ich wollte Sie wirklich nicht erschrecken, sondern ich wollte Eindruck auf Sie machen, das war es! Rührt Sie dieses Selbstbekenntnis gar nicht?«

Seine Augen strahlten. Er wies auf die Bank. »Nehmen Sie wieder Platz! Immer wollen Sie vor mir davonlaufen. Es wird Ihnen nicht gelingen, das können Sie mir glauben! Denn ich brauche einen Menschen, der weiß, wer ich bin; und der Mensch, der es erfahren soll, sind Sie!«

Mintzlaff stand noch einen Augenblick unschlüssig an der Tür.

»Nein«, sagte der Baron, »auch das Einschlagen der Glasscheibe in der Tür wird Ihnen nichts nützen. Sie sollten allmählich einsehen, dass ich mehr kann als Gedankenlesen.«

Mintzlaff setzte sich zögernd in seine alte Ecke am Fenster und ärgerte sich. Wie hatte er sich nur so undiszipliniert aufführen können! Dergleichen widersprach absolut seinem vornehmsten Ziel: der Selbsterziehung. Es stand außer Frage, dass er sich, so betrachtet, schlecht benommen hatte.

»Nicht nur ich, auch Sie sind eitel!«, sagte der Baron nicht ohne Genugtuung. »Ein Mensch, der nicht mehr erschrecken kann, ist kein Mensch, sondern ein Narr oder ein Fleischerhund. Davon abgesehen, will ich trotzdem versuchen, Ihnen neue Ängste zu ersparen; denn Sie empfänden sie als Demütigung, und das liegt völlig außer meiner Absicht. Das Beste wird sein, wenn ich die Mitteilung, die ich Ihnen machen möchte, vorsichtig dosiere.«

Der junge Kunstgelehrte runzelte die Stirn. »Ich komme mir vor, als sei ich beim Zahnarzt, der eine schmerzhafte Behandlung, aus Rücksicht auf den Patienten, über Wochen ausdehnt.«

»Tun Sie das! Kommen Sie sich wie beim Zahnarzt vor!«, bemerkte der andere. »Und nehmen Sie, bitte, die erste Dosis zur Kenntnis: Ich heiße nicht Lamotte, und ich bin kein Baron.«

»Diese Eröffnung«, meinte Mintzlaff, »bestürzt mich keineswegs. Was ich viel mehr als solche Lügen fürchte, ist die Wahrheit.«

Der Fremde fuhr nach einer Pause, anscheinend über sich selber belustigt, fort: »Manchmal ist es ungleich schwerer, zu bekennen, wer man ist, als zu erklären, wer man nicht ist!« Er nagte an der Unterlippe und blickte nachdenklich in den stahlblauen Himmel, der sich über der tiefverschneiten, glitzernden Landschaft wolkenlos heiter ausspannte. In diesem Augenblick fuhr der Zug in einen Berg hinein. Die Lampe an der Decke des Abteils glomm auf. Die Tunnelwände glänzten vor Nässe. Stumm saßen die beiden Männer einander im Halbdunkel gegenüber. Der Fremde hatte den Kopf gesenkt und starrte auf seine Schuhe.

Allmählich verfärbte sich die künstliche Dämmerung, bis dann, am Ausgang des Tunnels, die Sonne wieder, und nun mit noch mehr Gewalt, über die Erde herfiel.

Mintzlaff schloss geblendet die Augen. Hinter seinen Lidern kreisten funkelnde Transmissionen, und goldene Garben stiegen wie bei einem phantastischen Feuerwerk empor.

»Sehen Sie den einsamen Baum?«, fragte der andere.

Mintzlaff öffnete die Augen halb und blinzelte zum Fenster hinaus. Der Zug fuhr soeben in einer weiten Schleife um eine weiße Bergkuppe herum, auf deren höchstem Punkt eine riesige Tanne stand. »Menschen sind nicht in der Nähe«, sagte der falsche Baron so leise, als spreche er mit sich selber. »Man kann es wohl riskieren.« Lauter fügte er hinzu: »Schenken Sie dem Baum, bitte, eine Minute lang Ihre Aufmerksamkeit!«

Mintzlaff fasste die Tanne fest ins Auge.

Plötzlich war ihm, als zucke ein greller Blitz aus dem wolkenlosen Himmel zur Erde nieder. Konnte das möglich sein?

Und da! Der Tannenwipfel wankte, als komme Sturm auf. Schneewolken stoben aus den Zweigen. Der Riesenbaum neigte sich zur Seite. Die Verbeugung wurde immer tiefer. Und dann fiel er schließlich, als werde er von unsichtbaren Waldarbeitern gefällt, langsam und lautlos in das weiße Feld. Der Schnee stieg wie brauender Nebel hoch und sank wie eine Fontäne, die abgedreht worden ist, zur Erde zurück.

Nach einer Spanne des Schweigens sagte der Baron recht sachlich: »Entschuldigen Sie das kleine Naturschauspiel!«

Mintzlaff versuchte leichthin zu lachen. »O bitte, das macht nichts. Ihre Art, sich dosiert vorzustellen, entbehrt jedenfalls nicht einer gewissen Originalität.«

»Ich hätte Ihnen gern etwas Imposanteres geboten«, erklärte der andere. »Indessen kennt der verantwortungsbewusste Zauberkünstler Grenzen, die er zwar zu überschreiten fähig wäre, die er aber, um nicht fahrlässig zu handeln, nicht ohne Not, sondern nur in Ausnahmefällen verletzt. Unbedachte Eingriffe in den eigengesetzlichen Ablauf des Naturgeschehens können allzu leicht unvorhergesehene Wirkungen haben.«

»Vorausgesetzt, dass ich Sie richtig verstanden habe, hängt also die von Jahrhundert zu Jahrhundert sinkende Effektivquote der Wunder mindestens zum Teil mit der wachsenden Humanisierung der Herren Zauberer zusammen?«

Der Baron zupfte an seinem Schnurrbart. »Wenn ich nicht wüsste, wer Sie sind, zöge ich allmählich strengere Saiten auf!«

»Sie wissen, wer ich bin?«

»Ziemlich genau, mein Herr. Sie sind, trotz Ihres jugendlich ironischen Wesens, Universitätsprofessor, ja, Sie sind es bereits nicht mehr, weil Ihnen, fanden Sie eines Tages, mehr daran liegt, im eigenen Kopf Ordnung zu schaffen als in nicht immer hierzu bestimmten fremden Köpfen.«

Mintzlaff wagte kaum Atem zu holen.

»Sie schreiben Aufsätze und Bücher über grundlegende Kunstbegriffe, und jetzt fahren Sie nach Davos, um vor dem dortigen Kunstverein, auf dessen Einladung hin, einen Vortrag zu halten. Ursprünglich wollten Sie schon vor vierzehn Tagen reisen, doch dann baten Sie um vier Wochen Aufschub, weil Sie, einen Tag vor der Abfahrt, eine hübsche, wirklich sehr hübsche junge Dame, die auf den Vornamen Hedwig hört, zufällig wiedertrafen. Sie empfanden, übrigens zu Recht, dass die neuerliche Begegnung kein Zufall war, und blieben in Berlin, bis Sie vor nunmehr drei Tagen ein merkwürdiges Telegramm erhielten, in dem Ihnen von unbekannter Seite geraten wurde, sich sofort und unangekündigt in Davos einzufinden. Habe ich recht?«

»Wozu fragen Sie noch?«, Mintzlaff zögerte. »Stammte die Depesche etwa von Ihnen?«

»Ich kenne Sie doch erst seit gestern. Wie hätte ich Ihnen denn, Tage zuvor, telegrafieren können?«

»Mich nähme auch das nicht wunder«, sagte Mintzlaff. »Und nun, wenn Sie gestatten, eine weitere Frage: Auf welchem ungewöhnlichen Wege verschafften Sie sich Einblick in mein Privatleben? Ich muss bekennen, dass es mich nachgerade eher beruhigen als noch mehr beunruhigen würde, wenn ich nun endlich erführe, mit wem ich das Vergnügen habe! Sie verbieten einer Kupeetür der Schweizer Bundesbahn, sich zu öffnen. Sie zeigen mir einen Baum und fällen ihn, indem Sie ihn im Vorüberfahren anschauen. Sie kennen, obwohl ich Ihnen erst gestern über den Weg gelaufen bin, meinen Lebensweg, als hätten Sie seit Monaten ein Dutzend Detektive hinter mir hergejagt!

Gestern noch hielt ich Sie für einen Mann mit ungewöhnlichen Fähigkeiten, aber heute …«

Der Herr, der nicht Baron Lamotte hieß, beugte sich verbindlich vor. »Aber heute?«

»Aber heute glaube ich das nicht mehr. Sondern ich bin, höchst widerwillig, zu einer Überzeugung gelangt, die sich mit meiner Weltanschauung leider nicht vereinen lässt.« Mintzlaff blickte dem anderen beinahe finster ins Gesicht und sah, dass sich dessen Pupillen eng zusammengezogen hatten. »Es liegt mir fern, Sie zu beleidigen. Trotzdem muss ich Folgendes behaupten: Herr Baron, Sie sind kein ungewöhnlicher Mensch – Sie sind, so unsinnig das klingen mag, überhaupt kein Mensch!«

Lamotte sagte: »Auch das vorurteilsfreie Denken bringt Vorurteile mit sich. Wer das nicht weiß, ist übel dran. Also, Sie halten auf Grund einiger sonderbarer, aus dem Rahmen fallender Wahrnehmungen für möglich, dass ich, trotz meines menschlichen Äußeren, gar kein Mensch bin. Sie werden sich, will mir scheinen, genötigt sehen, einen Schritt weiterzugehen.«

Mintzlaff nickte traurig. »Ich werde wohl müssen. Denn es ist nicht meine Art, mich übermäßig lange bei negativen Feststellungen aufzuhalten. Da Sie kein Mensch sind, erhebt sich die bedrohliche, aber unausweichliche Frage, wer oder was sonst Sie sein könnten.«

»So will es die Logik«, bemerkte der Baron. »Diese Frage erhebt sich in der Tat. Ich fürchte, dass Ihnen keine andere Wahl bleiben wird, als mutig darauf zu antworten. Kommen Sie mir jedoch nicht mit der Gattung ›Übermensch‹! Ich bin kein Mensch, kein Un- und kein Übermensch. Behalten Sie das tunlichst im Auge!«

Der andere verbeugte sich knapp und murmelte: »Ich werde nicht verfehlen.«

»Darf ich einen Vorschlag machen?«, fragte Lamotte. »Sie haben in der letzten halben Stunde erfahren, dass ich unter falschem Namen und Rang reise und dass ich kein Mensch bin. Ich habe Hemmungen, mich Ihnen ohne Umschweife vorzustellen, und schlage ein Verfahren vor, das sich der Spannkraft Ihrer Phantasie anpassen mag. Ich schlage vor, dass Sie täglich drei Mal raten, wer ich sein könnte, und sobald Sie das Richtige raten, ist das Fragespiel zu Ende.«

»Drei Mal raten?«

»Ich bitte darum. Sie brauchen Ihre Vermutungen ja auch gar nicht auszusprechen; es genügt ja, sie nur zu denken.«

»Also gut«, meinte Mintzlaff. »Wollen wir sofort damit beginnen?«

Der Baron stimmte zu.

Der andere dachte: ›Jetzt müsste ich mich nur noch, wie in Kindertagen, mit dem Gesicht zur Wand stellen und warten, bis er »Huhu!« ruft.‹

»Auch das ist mir recht«, sagte Lamotte.

Mintzlaff wehrte ab. »Wir wollen es kurz machen. Geben Sie bitte acht! Ich fange an.« Er senkte den Kopf.

»Falsch geraten!«, erklärte der Baron nach einer Weile. »Wie lautet Ihre zweite Vermutung?«

Der junge Mann schloss, um sich besser zu konzentrieren, die Augen.

»Nein! Auch falsch! Aber nicht uninteressant. – Und drittens?«

In Mintzlaffs Phantasie kreisten Dutzende von halbdeutlich gedachten Namen umeinander. ›Es ist aussichtslos‹, dachte er und zwang, ziemlich wahllos, einen der Namen aus dem Nebel ins klare Bewusstsein.

»Wieder falsch!«, erklärte der Herr, der kein Mensch war. »Sehr falsch sogar!« Es klang, als triumphiere er, dass sein Rätsel vorläufig ungelöst blieb. »Morgen werden wir weitersehen!«

Da rüttelte jemand an der Kupeetür. Es war ein Kellner aus dem Speisewagen, mit Fleischbrühe und Kaffee.

»Darf ich Sie darauf aufmerksam machen, dass die Tür noch verhext ist?«, flüsterte Mintzlaff.

»Richtig!«, sagte der Baron. »Einen Augenblick, Herr Ober!«

Eine Sekunde später flog die Tür auf, und der Kellner wäre beinahe samt dem Tablett voll dampfender Tassen lang hingeschlagen. Das Geschirr klirrte heftig.

Der Mann steckte sein hochrotes Gesicht ins Abteil. »Entschuldigen Sie«, bat er. »Die Tür muss sofort geölt werden. Fleischbrühe gefällig?«

Drittes Kapitel

In Davos-Platz, der Endstation der Rhätischen Bahn, verließen die beiden den Zug.

Ganze Rudel sonnengebräunter junger Leute sprangen lachend aus den Abteilen. In das Holzkonzert der klappernden Skibretter, die man aus den Wagen hob und schulterte, mischte sich das Gepolter und Getrampel schwerer Stiefel. Die Metallspitzen von Skistöcken schepperten auf dem Bahnsteig, und ein nahezu babylonisches Sprachengewirr erfüllte die Luft.

Der Baron und Mintzlaff warteten lächelnd, bis die wilde Jagd vorüber war. Dann trugen sie Sorge, dass ihre Koffer im Gepäckraum untergestellt wurden, und erst nachdem das zu ihrer Zufriedenheit erledigt war, traten sie ins Freie.

Noch schien die Nachmittagssonne. Blaue Schatten lagen auf den meterhohen Schneematratzen. Die kalte, klare Gebirgsluft ließ sich merkwürdig leicht atmen. Von irgendwoher drang Walzermusik. Wahrscheinlich war eine Eisbahn in der Nähe. Sie spazierten, am Rathaus vorbei, bergan, bis sie eine Straße erreicht hatten, auf der sich Autos und Autobusse hupend ihren Weg bahnten. Es unterlag keinem Zweifel: Sie befanden sich, obwohl sechzehnhundert Meter hoch, in einer Stadt!

Vielfenstrige Hotelpaläste lehnten an den weißen Hängen. Geschäftshäuser und Konsulatsgebäude flankierten die Straße. Bunte Plakate kündigten für den Abend amerikanische Filme an. In den Schaufenstern gab es Pariser Abendkleider und Fracks nach dem neuesten Schnitt zu bewundern. Eine Kavalkade von zehn Schlitten kam daher. Mit Peitschenknall, fröhlich klingenden Glöckchen und schnaubenden Rössern.

Der Baron war stehen geblieben und schaute hinterdrein. »So viele schöne Frauen!«, sagte er begeistert. »Es war eine gute Idee, hierherzufahren.«

Mitten in dem vergnügten Gewimmel der heimkehrenden Sportler standen drei Neger. Sie umrahmten einen in einem Eisbärenfell steckenden Einheimischen, zeigten ihre weißen Zähne und ließen sich von dem Bärenführer fotografieren. Der Eisbär sprach Deutsch, Englisch und Französisch. Mintzlaff atmete die kühle Luft so selig ein, dass es klang, als ob er seufzte. Hoch über dem Gebirgstal und der Stadt, die sich langsam in Dämmerung hüllten, funkelten sonnige Eisgipfel. Es war wie im Märchen.

»Nun, Sie Traumprinz!«, meinte Lamotte gutmütig. »Dort drüben sehe ich das Büro des Verkehrsvereins. Wenn ich nicht irre, werden Sie sich melden wollen.« Sie überquerten die Straße. »Ich werde vor der Tür auf Sie warten«, sagte der Baron.

Doch Mintzlaff blieb, statt das Haus zu betreten, wie angewurzelt davor stehen und starrte entgeistert auf ein Plakat, das an der Hauswand klebte. Auf dem Plakat war Folgendes zu lesen:

Mittwoch! Mittwoch!

Auf Einladung der Kunstgesellschaft
und des Verkehrsvereins Davos findet
im Großen Saal des Kurhauses
ein einmaliger Vortrag des bekannten
Kunstgelehrten
Prof. Dr. Alfons Mintzlaff statt.
Das Thema des Vortrags lautet
DER HUMOR ALS WELTANSCHAUUNG
Anschließend Diskussion!
Kartenverkauf in den Geschäftsstellen
der veranstaltenden Vereine.
Beginn des Vortrags 9 Uhr abends

Mittwoch! Mittwoch!

Mintzlaff rieb sich die Augen und trat einen Schritt näher. Dann las er das Plakat, das ihn so in Erstaunen gesetzt hatte, noch einmal. Darnach sagte er nur: »Das verstehe, wer will.«

Der Baron führte den Fassungslosen die Stufen zum Kurhauscafé hinauf, schob ihn durch die Tür, half ihm sogar aus dem Mantel und drückte ihn in einen Stuhl.

Nachdem er zwei Hennessy bestellt hatte, sagte er: »So, und nun erleichtern Sie Ihr vom Donner gerührtes Gemüt!«

»Das Plakat!«, murmelte der andere.

»Ganz recht, das Plakat!«

Mintzlaff riss sich zusammen und holte tief Luft, ehe er fortfuhr: »Hier glaubt man doch, dass ich erst in vierzehn

Tagen eintreffe! Wenn dem aber so ist – wie kann man dann meinen Vortrag für Mittwoch ansetzen?« Er sah dem Baron misstrauisch in die Augen. Dieser schüttelte belustigt den Kopf. »Nein, nein! Ich habe mit dem Plakat ebenso wenig zu schaffen wie mit der Depesche!«

»Richtig, die Depesche!« Mintzlaff fröstelte. »Davos entpuppt sich als Rätselecke! Oder sollte ich dem Verkehrsbüro versehentlich ein falsches Datum mitgeteilt haben?«

»Das glaube ich nicht«, sagte der Baron.

Die Kellnerin brachte die Kognaks.

Nachdem sie getrunken hatten, fragte Mintzlaff: »Könnten Sie mich über meine mir völlig unübersichtliche Lage aufklären? Sie wissen vermutlich ungefähr, wie die Dinge zusammenhängen.«

Lamotte wehrte entschieden ab. »Ich werde Ihnen, obwohl ich in der Tat einiges weiß, kein Wort im Voraus verraten.«

»Und weswegen nicht?«

»Sie lehnen es doch sonst ab, der Zukunft in die Karten zu sehen! Bleiben Sie standhaft, junger Mann!«

»Auch gut, Herr Baron. Dann werde ich, da Sie mich so taktvoll im Stich lassen, zunächst einmal versuchen, die Gefechtslage zu skizzieren. Ich komme, auf Grund einer Depesche, die keinen Absender nennt, unangemeldet und zwei volle Wochen vor dem hier bekannten Termin nach Davos. Da sehe ich ein Plakat und muss feststellen, dass mein Vortrag bereits in drei Tagen stattfindet und dass ich, der ja sozusagen am Mittwoch noch gar nicht da sein wird, über ein Thema zu sprechen gedenke, über das ich gar nicht sprechen will.«

Plötzlich stand er auf.

»Gehen Sie nur!«, meinte der Baron. »Es wird das Beste sein. Ich warte.«

Mintzlaff lief ohne Hut und Mantel aus dem Café.

Der Baron ließ sich noch einen Hennessy bringen und schaute sich geruhsam um.

In der Mitte des großen Raums spielten ältere Holländer und Engländer Billard. Sie waren zwar schon im Abenddress, hatten jedoch die Smokingjacken ausgezogen und an Garderobenständern aufgehängt. Nun standen sie, hemdsärmelig und die Queues pflegend, ernst und schweigsam den Kellnern im Wege oder beugten sich, merkwürdig verrenkt und wie zielende Wilddiebe dreinblickend, über die mit grünem Tuch bezogenen Tische und stießen zu. Die Elfenbeinkugeln klapperten; manchmal gehorchten sie, manchmal nicht.

Wer aufhören musste, räumte dem Gegner wortlos und gottergeben das Feld, markierte den Punktgewinn und verlegte sich von neuem aufs Warten.

»Da bin ich wieder«, sagte Mintzlaff und nahm Platz.

Lamotte sah ihn prüfend an. »Wenn ich nicht irre, machen Sie ein noch verdutzteres Gesicht als vorher.«

»Machen Sie sich über mich lustig?«

»Nein.«

Mintzlaff lachte ärgerlich. »Der Direktor des Verkehrsvereins war nicht im Büro. Ich fragte einen der Angestellten, seit wann der Herr Professor Mintzlaff in Davos weile.«

»Und was wurde Ihnen geantwortet?«

»Darf ich vorher eine Frage stellen?«

»Ich bitte darum.«

»Wissen Sie ganz sicher, dass ich, mit Ihnen gemeinsam, erst vor knapp einer Stunde in Davos eingetroffen bin?«

»Ich kann es beschwören«, sagte der Baron.

»Trotzdem befinden wir uns beide in einem grundlegenden Irrtum. Es ist nicht wahr, dass ich eben erst in Davos eingetroffen bin. Ich bin bereits seit einer Woche hier!« Mintzlaff runzelte die Stirn. »Man gab mir bereitwilligst nähere Auskünfte. So wohne ich – dies nur als Beispiel – im Grandhotel Belvedere. Ich habe ein Zimmer mit Bad sowie einen Balkon nach der Südseite.«

»Das ist doch großartig.«

»Tagsüber macht man mit mir Schlittenausflüge in romantisch abgelegene Täler, frühstückt dort in Sonne und Schnee und fotografiert mich nach Herzenslust. Wenn ich allein sein will, um in Ruhe nachzudenken, kann ich, mit Freifahrkarten ausgestattet, die Drahtseilbahnen benützen und von dort aus einsame Skitouren unternehmen.«

»Was wollen Sie mehr?«, fragte der Baron. »Die Leute geben sich doch wirklich alle erdenkliche Mühe.«

»Abends bin ich sehr viel eingeladen. Denn die gebildeten Kreise hierorts sind künstlerisch ungewöhnlich interessiert. Und außerdem gelte ich als guter Gesellschafter.«

»Welch angenehme Überraschung!«, sagte der Baron. »Und was gedenken Sie nun zu tun?«

»Genau weiß ich das noch nicht. Aber wenn mich nicht alles trügt, gedenke ich auf der Stelle ins Grandhotel zu gehen, um mir dort selber einen Besuch abzustatten und bei dieser Gelegenheit eins hinter die Ohren zu hauen!«

»Das dürfen Sie nicht! Gerade Sie dürfen das nicht!«

»Weshalb nicht?«

»Weil Sie, als berufener Erforscher der Komik, des Witzes und des Humors, die verdammte Pflicht und Schuldigkeit haben, über der Situation zu stehen.«

»Sie verlangen ein bisschen viel von mir!« Mintzlaff schlug mit dem Zeigefinger mehrmals auf die Tischkante. »Sie müssen wissen …«

»Dass Sie, weil Sie vom Davoser Verkehrsverein eingeladen worden sind, nur wenig Geld bei sich haben.« Der Baron klopfte dem anderen auf die Schulter. »Wenn Sie jetzt zum Verkehrsverein stürzten und den Direktor aufklärten, verdürben Sie sich selber und auch mir den Spaß. Stellen Sie sich doch vor, wie lustig das sein wird, wenn wir am Mittwoch, hier im Kurhaus, oben im Großen Saal, unter den Zuschauern sitzen und den lichtvollen Ausführungen Ihres anderen Ichs lauschen werden!«

»Aber …«

»Es gibt kein Aber«, erklärte Lamotte kategorisch. »Da ich ein Zauberer bin, spielt Geld keine Rolle. Sie können sich im nobelsten Hotel einquartieren – ich hexe Ihnen jeden Betrag in die Brieftasche.« Er streckte die Hand über den Tisch.

Mintzlaff schlug ein. »Ich nehme Ihren Vorschlag an.«

»Bravo!«

»Gilt gezaubertes Geld eigentlich als Falschgeld?«

»Jawohl.«

»Können Sie denn kein echtes Geld zaubern?«

»Ob Geld echt oder falsch ist, richtet sich nur darnach, wer es hergestellt hat. Wenn es der Staat druckt oder prägt, ist es echt.«

»Aber dann sind Sie ja ein Falschmünzer!«

»Ich? Wieso?«

»Haben Sie denn ein Münzprivileg?«

»Ich brauche kein Privileg. Denn ich bin keinem Staat und keinem Gesetz untertan.«

»Richtig!« Mintzlaff rieb sich befriedigt die Hände. »Es ist mir lieb, dass die Angelegenheit, wenn auch auf außergewöhnliche Art, ihre Ordnung hat. Ich schwärme für beides: für das Außergewöhnliche und für die Ordnung.«

»Ich weiß«, sagte der Baron.

»Dann kann die Stegreifkomödie ihren Anfang nehmen!«

»Nachdem wir uns Quartiere gesucht und zu Abend gegessen haben werden, wollen wir versuchen, die flüchtige Bekanntschaft des falschen Herrn Mintzlaff zu machen. Ich glaube, dass uns das unschwer gelingen wird.«

»Ich bin gespannt, wie ich aussehe.«

Der Baron winkte der Kellnerin und zahlte. Dann gingen sie. Die hemdsärmeligen Herren aus Holland und England spielten noch immer Billard.

Draußen war es mittlerweile dunkel geworden. Laternen brannten. Die Straße lag fast menschenleer. In den Hotels und Pensionen waren, in langen schimmernden Reihen, die Zimmerfenster erleuchtet. Die Gäste kleideten sich wohl zum Dinner um. Der Schnee knirschte ärgerlich. Es war so kalt, dass die Nasenflügel engfroren.

»Ehe wir es vergessen«, sagte der Baron plötzlich, »wie werden Sie denn nun heißen?«

»Was?« Mintzlaff blieb stehen. Unmittelbar darauf lachte er schallend. »Tatsächlich! Ich muss mir ja einen anderen Namen beilegen!«

»Zwei Professoren Mintzlaff sind für Davos entschieden zu viel. Was halten Sie von dem klangvollen Namen Kilian Perathoner?«

»Kilian Perathoner? Ein bisschen zu bombastisch, finden Sie nicht?«

»Suchen wir weiter! Wie wäre es mit Erwin Jennewein?«

»Jennewein ist gut«, sagte Mintzlaff. »Aber Erwin geht leider nicht. Ich habe nämlich eine Freundin, das heißt, ich hatte eine Freundin ...«

»Und diese Freundin, die Sie haben oder hatten, heißt unglücklicherweise Erwin?«, meinte Lamotte und blinzelte.

»Nein, sie heißt Hallo.«

»Das ist doch kein Name!«

»Eigentlich heißt sie Sumatra. Sie wurde nämlich dort geboren. Sie fand, schon als Kind, dass eine Insel kein Vorname ist. Und wenn man nach ihr rief, kam sie nicht zum Vorschein; es sei denn, man rief sie nicht beim Namen, sondern ›Hallo!‹. Und so heißt sie Hallo, bis auf den heutigen Tag.«

»Mir soll es recht sein«, meinte der Baron.

»Und wenn Hallo und ich mit dem Rucksack auf dem Rücken durch das, was man Gottes freie Natur nennt, pilgerten oder, wie eben jetzt Sie und ich, unter dem nächtlichen, sternbesäten Himmelsgewölbe standen und nicht wussten, wer an Gut und Böse schuld ist, nannten wir diese verborgene Macht nicht Gott, nicht Schicksal und nicht das Unbekannte, sondern – Erwin! Vielleicht, um jener Macht näher zu sein; vielleicht, weil wir uns vor großen Worten noch mehr fürchteten als vor dem Unbegreiflichen; vielleicht, um trotz allem lächeln zu können.«

»Aha«, sagte der Baron. »Nun, über Hallo und Erwin sprechen wir ein andermal. Dann taufen wir Sie Ludwig Jennewein?«

Mintzlaff war in Gedanken versunken.

»Oder ist der Vorname Ludwig auch schon in Ihrem weltanschaulichen System verankert?«

»Nein, nein. Ludwig Jennewein ist mir recht. Vorausgesetzt, dass ich nicht bis an mein Lebensende so heißen muss.«

»Das verspreche ich Ihnen«, erklärte der Baron. »Kommen Sie, Herr Jennewein! Und heute Abend besuchen wir Herrn Mintzlaff, falls Ihr sogenannter Erwin nichts dagegen einzuwenden hat.«

Eine Sternschnuppe fiel aus dem glitzernden Himmel heraus, beschrieb eine geheimnisvolle Bahn und löste sich im Nichts auf.

»Bei Erwin weiß man nie, woran man ist«, sagte der junge Kunstgelehrte.

Viertes Kapitel

Der Baron, der kein Baron war, hatte es sich nicht nehmen lassen, Mintzlaff, der nun Jennewein hieß, in ein ruhiges Hotel, das vorwiegend von Engländern und Engländerinnen bewohnt schien, zu begleiten und dort in einem netten Zimmer unterzubringen, zu dem eine geräumige Südloggia und ein Bad gehörten. Dann erst hatten sich die Herren getrennt, nicht ohne sich für später in der Bar des Hotels, das zu Ehren der langlebigen englischen Königin »Hotel Victoria« hieß, verabredet zu haben.

Nachdem Lamotte seinen Schützling hinreichend versorgt wusste, war er mit einem Pferdeschlitten davongefahren. Näheres hatte er nicht mitgeteilt, und Mintzlaff hatte nicht weiter gefragt; denn seine Neugier war vorläufig besänftigt. Die Rätsel der letzten Tage und Stunden beschäftigten ihn vollauf.

Außerdem musste er die Koffer auspacken, den Smoking zum Bügeln geben, dem Schweizer Stubenmädchen klarmachen, dass er erstaunlicherweise kein Angelsachse sei, und baden musste er auch. Schließlich erwuchs ihm die keineswegs leichte Aufgabe, den Anmeldezettel auszufüllen. So schwer es ihm ein Leben lang gefallen war, sich mit dem Namen Mintzlaff abzufinden, so viel Mühe machte es nun wieder, plötzlich anders zu heißen.

Endlich war das Formular vollgelogen.

Er war nun also ein Dr. phil. Ludwig Jennewein, von Beruf Verlagsbuchhändler, in Leipzig wohnhaft. Er nahm sich noch vor, falls das Gespräch gelegentlich auf den Zweck seiner Reise kommen sollte, beiläufig zu erklären, dass er Davos besuche, um, wenn möglich, neues Material über Robert Louis Stevenson zu sammeln, dessen bündige Biographie herauszugeben ihn seit langem beschäftige. Stevenson war, das wusste Mintzlaff, in den achtziger Jahren des vorigen Jahrhunderts wiederholt in Davos gewesen, hatte hier, hoch oben im Gebirge, Heilung gesucht und *The Silverado Squatters* zu schreiben begonnen. Dass ein gründlicher Verleger nach Davos kam, um Ermittlungen anzustellen, mochte durchaus plausibel erscheinen.

Als er später, auf dem Weg zum Speisesaal, von dem freundlichen Hotelier begrüßt wurde, brachte er kurz entschlossen die Sprache auf die angebliche Absicht seiner Reise.

Kaum dass ihm vom Oberkellner ein kleiner Tisch angewiesen worden war, tauchte der Herr des Hauses von neuem auf und legte ihm strahlend ein Buch neben den Suppenteller. Das Buch hieß *Robert Louis Stevenson at Davos* und stammte von einem Mann namens Lockett, der über dreißig Jahre in Davos als englischer Konsul gelebt hatte.

Mintzlaff tat natürlich so, als ob er diese Quelle längst kenne, versprach aber, gelegentlich darin zu blättern.

Das besorgte er dann auch schleunigst, und zwar während der ganzen Mahlzeit. Denn wenn er schon für einen Kenner Stevensons gelten wollte, konnte ihm eine solche Lektüre nur nützlich sein.

Er blätterte noch darin, als er in der Bar saß und auf Lamotte wartete.

Die englischen Gäste – die meisten in Abendkleidern, andere noch im Sportdress – tranken Whisky und warfen mit spitzen Metallbolzen nach einer an der Wand hängenden hölzernen Scheibe. Das Spiel schien, so einfach es aussah, nicht ganz leicht zu sein.

Die Gattin und der Sohn des Hoteliers kamen, um zu fragen, ob Herr Doktor Jennewein an der Tischtenniskonkurrenz des Hotels teilnehmen wolle. Nachmeldungen würden noch angenommen. Seiner Versicherung, dass er für einen Wettbewerb zu schlecht spiele, wurde wenig Glauben geschenkt. Sie erkundigten sich anschließend höflich nach den sonstigen sportlichen Absichten des neuen Gastes.

Als er ihnen erklärt hatte, dass er wegen eines organischen Herzleidens nicht Ski fahren, höchstens eislaufen dürfe und sich am ehesten darauf freue, allein durch verschneite Wälder zu spazieren oder irgendwo in der Sonne zu liegen, maßen sie seine große, kräftige Gestalt mit unverhohlener Anteilnahme. Nun verstanden sie wohl, dass er Bücher verlegte.

Endlich kam Lamotte. Er wirkte, im gutsitzenden zweireihigen Smoking, wie ein eleganter Riese, wie ein Jason oder Theseus der Neuzeit.

Die in der Bar anwesenden Damen waren fasziniert. Sie nahmen ihm mit den Blicken förmlich Maß. Er hatte nichts dagegen, aber es interessierte ihn auch nicht über Gebühr.

»Sind Sie gut untergebracht, Doktor?«, fragte er, während er sich in einem der bequemen Sessel niederließ.

»Ausgezeichnet, Herr Baron. Man ist nur nicht ganz damit einverstanden, dass ich wie ein Sportsmann wirke, ohne einer zu sein!«

Lamotte blickte einer großen blonden Engländerin, die auf einem Barhocker saß und ihn kühl musterte – es sah eher aus, als sei sie auf dem Pferdemarkt und schätze einen Zuchthengst ab –, streng in die eisblauen Augen.

Jetzt beugte sie sich weit vor. Ihr Nachbar sprach auf sie ein. Sie nahm keine Notiz davon.

»Ein Verleger aus Leipzig ist nicht verpflichtet, Wintersport zu treiben«, erklärte der Baron. »Noch dazu, wenn der Ärmste einen Herzfehler hat. Ihr Herz ist übrigens nicht nur organisch in Unordnung; es ist überhaupt nicht in Ordnung.«

Mintzlaff wollte fragen, was Lamotte meinte, aber er kam nicht dazu.

Denn die Engländerin glitt von ihrem Barhocker herunter, ging zwei Schritte auf den Baron zu und blieb dann, wie angenagelt, mitten im Raum stehen. Ihre Augen waren starr auf Lamotte gerichtet. Sie trug ein silbernes Abendkleid und sah aus wie eine Amazone.

»So«, sagte der Baron halblaut. »Dort mag sie stehen bleiben! – Ich kann diese Sorte Frauen nicht leiden, müssen Sie wissen. Dafür, dass sie keinen Funken Gefühl im Leibe haben, kann man sie vielleicht nicht verantwortlich machen. Doch dass sie sogar noch stolz darauf sind und ihre kalte Lebensgier staunend bewundern, statt sich ein wenig zu schämen, erbost mich stets von neuem.«

»Ihre Fähigkeit, Gedanken zu lesen, hat zu dieser Abneigung gewiss nicht wenig beigetragen.«

»Es sind Menschenfresserinnen«, sagte der Baron. Dann

erhob er sich. »Wir wollen gehen. Lots Weib mag sich noch ein Weilchen als Salzsäule betätigen.«

Sie verließen die Bar und nahmen draußen im Flur ihre Mäntel vom Haken. Als sie, wenig später, auf die Hoteltür zuschritten, hörten sie noch, wie der Hotelier zu seiner Frau sagte: »Was ist denn in der Bar geschehen? Sie sitzen und stehen herum wie im Dornröschenschlaf!«

»Und Mrs Gaunt weint!«, ergänzte die Frau.

Der Mann schüttelte ratlos das international erfahrene Haupt. »Mrs Gaunt weint? Das ist doch unmöglich!« Und die Frau erwiderte: »Vielleicht weint sie nur aus Versehen?«

Lamotte und Mintzlaff spazierten seit einer Viertelstunde die Hauptstraße auf und ab. Die kalte Nachtluft und der klare Sternenhimmel taten gut. Der Schnee war jetzt glatter als Parkett. Die beiden Herren mussten einander unterhaken.

Schlittenglöckchen klingelten. Tanzmusik drang aus verschiedenen Himmelsrichtungen in die Nacht, so dass sich die Tonarten und Rhythmen bunt vermischten. Seltsamerweise störte es nicht.

»Wollen Sie mir einen Gefallen tun?«, fragte der Baron. »Achten Sie, bitte, darauf, dass ich mich etwas mehr beherrsche. Ich zaubere zu viel!« Es klang fast zerknirscht. »Ich hatte mir fest vorgenommen, mich weitgehend im Rahmen des Menschlichen zu halten. Ob es nun Gewohnheit oder, was ich eher vermute, Eitelkeit ist – ich benehme mich falsch. Die Szene in der Bar war überflüssig.«

»Steht die kühle Dame aus England eigentlich immer noch auf dem gleichen Fleck?«, fragte Mintzlaff. »Und weint sie noch immer?«

»Da haben wir es«, meinte der Baron ärgerlich. »Es ist ein wahres Glück, dass Sie mir begegnet sind!« Er schwieg einen Augenblick, dann fuhr er fort: »So, das wäre erledigt! Nun kann die kleine Gesellschaft aufwachen und tun, als sei nichts gewesen.«

»Warum haben Sie die Dame weinen lassen?«

»Damit sie endlich einmal traurig wurde«, erklärte Lamotte.

»Mit mir scheinen Sie auch nicht zufrieden zu sein«, sagte Mintzlaff. »Mein Herz, meinten Sie vorhin, sei nicht nur organisch, sondern in keiner Weise in Ordnung.«

»Sie haben die letzten zehn Jahre Ihres bisherigen Lebens sorgfältig darauf verwendet, Ihr wahres Wesen zugrunde zu richten.« Die Stimme des Barons klang ernst. »Ihre Energie ist bewundernswert. Sie wollten sich erziehen. Und Sie haben sich erzogen! Sie waren einmal ein empfindsamer Mensch und konnten lieben. Wenn anderen Leid widerfuhr, litten Sie mit ihnen. Sie halfen, ob man Sie gerufen hatte oder nicht. Sie hatten keine Angst, sich selber zu verlieren. Damals hatten Sie noch Gefühl im Leibe und spürten, dass man nicht ärmer wird, wenn man sich verschenkt.«

Mintzlaff ging schweigend neben Lamotte her.

»Welcher Teufel ritt Sie, sich zu verleugnen?«, fragte der Baron heftig. »Warum hielten Sie Menschlichkeit für Schwäche, warum Gemüt für Unzulänglichkeit? Sie errichteten zwischen sich und dem Leben eine chinesische Mauer aus unzerbrechlichem Glas und beschlossen, ein Charakter zu werden. Als ob die Welt ein Schaufenster wäre!«

»Es war nicht leicht.«

»Das hätte noch gefehlt, junger Mann! Sie treiben mutwillig Ihr Gefühl in die Verbannung – und das sollte auch noch leicht sein? War es denn für die leicht, die Ihnen nahestanden? Die Ihnen vielmehr nahestehen wollten und es nicht durften, weil Ihre verdammte gläserne Mauer zwischen denen und Ihnen stand? Die sich an der Mauer den Kopf einrannten, wenn sie trotz allem versuchten, zu Ihnen zu kommen? Sie haben Ihr Herz erwürgt. Sie haben Ihre Seele amputiert. Ebenso gut hätten Sie sich, um ein bedeutender Mann zu werden, ein Bein abhacken können, Sie deutscher Fakir! Aber freilich, ein Bein wächst nicht nach, nicht wahr? Glauben Sie nur nicht, dass es die Seele anders hält!«

»Sie haben gut reden! Sie sind kein Mensch!« Mintzlaff blieb stehen. »Sie können unsere Gedanken lesen und sich über uns lustig machen. Haben Sie sich schon einmal vorgestellt, wie das wohl sein mag, wenn man weiß, dass man sechzig Jahre atmen darf und dann zu Staub zerfällt? Wie das ist, wenn man eines Tages dreißig Jahre alt wird und auf die beiden Wege blickt, die der Mensch gehen muss – den Weg aus dem Nichts und den Weg in das Nichts? Da steht man dann, auf der Anhöhe des Lebens, betrachtet seine Pläne und mustert seine Wünsche. Da steht man dann, bedenkt seine Ziele und schlägt die Hände vors Gesicht!« Mintzlaffs Augen funkelten zornig. »Jawohl, ich habe mich erzogen! Ich wollte mein Leben nicht vertun wie einen Sonntagnachmittag! Ich wollte keinen Ruhm, kein Geld und auch kein Glück, aber ich wollte werden, was ich war, weiter nichts, aber auch nicht weniger! Was ich versuchte, war dumm und sinnlos? Dass ich anderen wehtat, war niederträchtig? Und dass ich selber nicht glücklich war, hatte seine Richtigkeit?« Er lachte bitter. »Sie haben sicher ausgezeichnete Beziehungen zu Instanzen, die es sich zur Ehre anrechnen, die Erdkugel mit Vollkommenheit und Segen tapeziert zu haben. Bestellen Sie den Herrschaften meine Grüße.«

»Na, na«, sagte Lamotte. »Beruhigen Sie sich, bitte. Den Sie und Ihre kleine Freundin Erwin nennen, den kenne auch ich nicht. Sie überschätzen meine Beziehungen.« Er hielt Mintzlaff am Ärmel fest. »Ich lasse Sie jetzt nicht gehen!«

Mintzlaff wollte sich losreißen.

Der Baron lächelte. »Aber Herr Professor! Sie werden doch einen stellungslosen Zauberkünstler nicht schlagen wollen! Geben Sie den Gedanken schnell wieder auf!«

»Lassen Sie mich in Frieden!«

»Ich bin Ihr Freund, ob Sie wollen oder nicht. Darum habe ich das Recht, Sie zu kränken. Ich tue es, damit Sie merken, dass Sie noch leben. Jetzt sind Sie außer sich, und außer sich zu sein ist schon etwas! Es war notwendig, Sie zu quälen; denn das Notwendige muss geschehen.«

»Soll ich, alten Bräuchen folgend, ins Kloster gehen, damit ich niemanden mehr enttäuschen kann? Hinter die Mauer aus Stein, statt hinter die aus Glas?«

»Sie sollen nichts als leben«, sagte der Baron ruhig. »Es ist ganz einfach, und Sie müssen es wieder lernen. Verlangen Sie meinetwegen zu viel von den anderen, nie wieder zu wenig! Sperren Sie das Vorhängeschloss zu Ihrem Herzen auf, bevor es zu spät ist! Sie sind Ihrem Ziel bedenklich nahegekommen. Das Weinen haben Sie schon verlernt, das war ein schweres Stück Arbeit. Nun ist das Lachen an der Reihe. Das verlernt sich schon leichter. Nicht mehr lange, und Sie werden noch atmen wie ein Mensch, aber fühllos sein wie Ihre Photographie.«

»Sie ärgern mich nur, obwohl Sie mich eigentlich erschrecken wollen. Sie haben nicht recht, und Sie wissen, dass Sie nicht recht haben. Was habe ich, bei Licht besehen, getan? Ich habe, meiner Arbeit zuliebe, die Professur aufgegeben und mein Privatleben abgebaut. So liegen die Dinge.«

»So liegen die Dinge«, wiederholte Lamotte spöttisch. »Der Herr Professor hat zum Lachen und Weinen leider keine Zeit, weil er über diese und ähnliche lästige Angewohnheiten des Menschen Bücher schreiben muss.« Er lachte vor sich hin. »Vielleicht können wir den Herrn, der am Mittwoch in Ihrem Namen einen Vortrag hält, dazu überreden, dass er Ihnen, außer dem Namen, auch noch das Nachdenken und das Bücherschreiben abnimmt! Dann könnten Sie sich unbesorgt wieder Ihrem geschätzten Privatleben widmen, Herr Doktor Jennewein!«

»Diesen Hochstapler habe ich ganz vergessen«, sagte Mintzlaff. »Wo finden wir ihn?«

»Es wird mir ein Vergnügen sein, die Herren miteinander bekanntzumachen«, antwortete der Baron. »Kommen Sie, Sie Gemütsathlet!«

Fünftes Kapitel

Im Grandhotel Belvedere fand, zugunsten eines Wohltätigkeitsfonds, ein Galaball statt.

Die in Davos amtierenden Konsuln saßen mit ihren Landsleuten an großen blumengeschmückten Tafeln, deren jede, im Meer des gemeinsamen Vergnügens, eine besondere Sprachinsel bildete. Juwelen glänzten. Perlen schimmerten. Ordensbänder grüßten vom Schwarz der Fräcke, wie zierlich angelegte bunte Beete. Bronzebraune Frauenköpfe, ausgesuchte Ware aus allen exportfähigen Ländern der Erde, saßen selbstbewusst auf schlanken Hälsen und mattgetönten, bloßen Schultern.

Maurice Chevalier, der berühmte französische Schauspieler, der seit Wochen im Grandhotel wohnte, hatte sich bereit erklärt, den Abend durch den Vortrag einiger seiner Pariser Chansons zu beleben. Und er entledigte sich dieser Aufgabe mit all dem übermütig frechen und verschmitzten Charme, der ihm zur Beliebtheit in der Welt und zu einem stattlichen Besitztum bei Cannes verholfen hatte.

Da der Künstler sein ständiges Requisit, seinen Strohhut, begreiflicherweise nicht in den Alpenwinter mitgebracht hatte, bediente er sich, nachdem er reizend auf die erforderliche Umbesetzung hingewiesen hatte, eines grünen Tiroler Hütchens. Die für ihn ungewöhnliche Kopfbedeckung tat der Wirkung des Vortrags im Übrigen nicht den geringsten Abbruch.

Als man zu tanzen begann, stiegen der Baron und Mintzlaff selbander in die große, geräumige Bar hinunter. Der Raum war noch ziemlich leer. Nachdem sie einen gemütlichen Ecktisch gefunden hatten, bestellte der Baron Irroy. »Schon der Champagner allein«, sagte er, »würde ausreichen, die Existenz Frankreichs als lebensnotwendig erscheinen zu lassen!«

»Ich trinke Sekt nur aus Gesundheitsgründen«, meinte Mintzlaff. »Er ist dem Herzen zuträglich.«

»Sie Lügner«, erwiderte der Baron, und dann tranken sie einander zu.

Später ging er zu dem Oberkellner hinüber, der königlich an einer Säule lehnte, und plauderte leise mit ihm. Da der Mann zu zögern schien, drückte er ihm mehrere Banknoten in die Hand. Mintzlaff konnte es ganz deutlich sehen. Der Oberkellner wurde einsichtiger, und Lamotte kehrte an den Tisch zurück.

Kurz darauf nahm das fest angestellte Tanzpaar am Parkett Platz. Außerdem erkletterten die Mitglieder eines kleinen Orchesters das Podium und packten ihre Instrumente aus.

Im Hintergrund des großen Raums, an der langen Theke, hockte amerikanische Jugend, lärmte unbekümmert und hielt den Mixer und den rundlichen Kellermeister in Atem. Die Gespräche drehten sich vornehmlich um die Bestzeiten der Parsennstrecke und um den grundsätzlichen Unterschied zwischen schottischem Whisky und Bourbon.

Mintzlaff wollte sich gerade mit einer Frage an seinen

Nachbarn wenden. Doch als er in dessen Gesicht blickte, zog er es vor zu schweigen.

Lamotte schaute zum Eingang, wo eine Dame stand, und seine braunen Pupillen leuchteten jetzt wie von der Sonne angestrahltes Gold. Er beugte sich kaum merklich vor, und es sah aus, als ducke er sich zum Sprung.

Die Dame, die seine Aufmerksamkeit beanspruchte, war zweifellos eine Südländerin. Sie trat zögernd ein. Blauschwarzes Haar, in der Mitte gescheitelt und tief im Nacken geknotet, umgab ihr ernstes Gesicht wie ein schmaler Ebenholzrahmen. Der Oberkellner eilte auf einen der reservierten Tische zu. Dort erwartete er sie respektvoll.

Sie schritt langsam und gedankenverloren über die Tanzfläche. Der Oberkellner schob einen Sessel zurecht.

Sie setzte sich und dankte ihm, indem sie den Kopf ein wenig neigte.

Er stellte eine halblaute Frage.

Wieder neigte sie den Kopf.

Nun entfernte er sich geräuschlos.

Sie faltete ihre schmalen ringlosen Hände und blickte gleichgültig zu den Musikern hinüber, die ihre Instrumente stimmten. Der Eintänzer erhob sich, verdrehte die Augen und machte eine kolossale Verbeugung. Da sie es nicht bemerkte, nahm er schnell wieder neben seiner Partnerin Platz, die ihn ironisch von der Seite musterte.

Mintzlaff sah abwechselnd den Baron und die Frau an. Sie blickte auf ihre Hände, ohne sie eigentlich zu betrachten. Lamotte aber saß aufrecht da und hatte die Arme auf die Sessellehne gestützt. Man konnte meinen, er sitze auf einem Thron und erteile stumme Befehle.

Plötzlich tauchte ein kleiner livrierter Boy im Saal auf. Er trug eine große weiße Porzellanvase vor sich her, aus der eine einzige rote Rose ragte, und näherte sich dem Tisch der einsamen Dame. Dort angekommen, hob er sich auf die Zehenspitzen und stellte die Vase behutsam in die Tischmitte.

Die Dame sah ihn fragend an.

Er wurde rot wie die Rose, die er gebracht hatte, zuckte die Achseln und entfernte sich schweigend. Er ging dabei noch immer auf Zehenspitzen. Er hatte wohl vor Verlegenheit vergessen, die Fersen wieder zu senken.

Als das kurze, zierliche Schauspiel vorbei war, fragte Mintzlaff leise: »Wer ist sie?«

Der Baron griff in die Brusttasche und reichte ihm ein zusammengefaltetes Papier. Es war ein Ausschnitt aus einer Zeitschrift, ein wundervolles Lichtbild, ein Damenporträt. Es war eine Photographie ihrer Nachbarin! Unter dem Bild stand: »Juana Fernandez, die berühmte argentinische Schauspielerin, verbringt ihren Winterurlaub in Davos.«

›Deswegen ist er nach Davos gefahren‹, dachte Mintzlaff.

Der Baron nickte.

Die Bar begann sich mit Ballgästen zu füllen, denen es oben im Saal zu heiß geworden war. Das Tanzpaar begab sich, weil die Kapelle den ersten Tanz spielte, gehorsam aufs Parkett und schwebte lächelnd an den Tischen vorüber. Hinten, an der Theke, wo die Amerikaner saßen, wurde es immer lebhafter.

»Ich fand das Bild zufällig, als ich in einer Zeitschrift blätterte, und packte auf der Stelle die Koffer. Mir blieb gar keine andere Wahl«, sagte der Baron. Nach einer Pause fuhr er fort: »Es ist eine unvermeidliche Begegnung. Aber sie weiß davon noch nichts.«

Der Kellner goss der Dame, von der die Rede war, gerade aus einer alten Flasche goldgelben Wein ins Glas.

Da tauchte der Boy schon wieder auf. Sein kleines braunes Kindergesicht war von staunendem Ernst erfüllt. In der Hand hielt er eine zweite langstielige rote Rose, die er, sich wieder auf die Zehen hebend, ehrfürchtig in die weiße Vase steckte. Juana Fernandez sah ihn prüfend an.

Er zuckte wie beim ersten Mal mit den Schultern und entfernte sich schnell.

Sie blickte, bevor sie den Kopf wieder sinken ließ, sinnend auf die zwei Rosen. Ihre Gesichtszüge verrieten nicht, was sie dachte.

»Warum ist sie traurig?«, fragte Mintzlaff.

»Sie ist traurig, dass sie so traurig ist!«, erwiderte der Baron. »Sie hat Unglück gehabt; nicht eigentlich viel mehr als mancher andere Mensch; aber sie ist darüber unglücklicher als andere. Sie weiß nicht, ob sie sich je wieder wird freuen können. Und das macht sie ratlos.« »Eine empfindsame Seele zu haben ist sehr anstrengend.«

»Sie hätte, um sich zu erholen, arbeiten müssen«, meinte Lamotte. »Eine Schauspielerin muss abends, wenn die Rolle es befiehlt, ihre Melancholie verbergen. Das hätte ihr gutgetan.«

»Und sie ist ganz allein in Europa?«

»Sie ist immer allein. Sie lehnt jede Annäherung ab. Das Einzige, wozu sie sich zwingt, ist, dass sie abends zuweilen unter Menschen geht. Da sitzt sie dann, so wie jetzt, einsam am Tisch und blickt stumm vor sich hin.«

»Sie haben heute schon zuwege gebracht, dass eine

herzlose Dame zu Stein erstarrte und weinte – es wird Ihnen auch gelingen, unserer unglücklichen Nachbarin ein Lächeln zu entlocken.«

»Ein Lächeln vielleicht. Ich will es versuchen. Zu einem Lachen ist es leider noch zu früh.«

»Ich verstehe Sie nicht«, knurrte Mintzlaff. »Warum bringen Sie eine Frau, die schon zum Frühstück drei Herren verspeisen möchte, zum Weinen? Wem helfen Sie damit? Und was wollen Sie von mir? Zu welchem Behufe reden Sie mir ein, dass die Mauer aus Glas, hinter der ich mich, aller Welt sichtbar, verberge, mein Verderben sei?«

»Wer nicht lacht, doch auch wer nicht weint, ist nur ein halber Mensch«, antwortete der Baron. »Beides können, lachen und weinen – das ist die Summe des Lebens.«

»Sie sind also ein Menschenfreund«, sagte Mintzlaff und fuhr spöttisch fort: »Wer ist denn der Unbekannte, der unsere ebenso schöne wie traurige Dame mit roten Rosen unterhält?«

Als Lamotte nicht antwortete, lachte er und meinte: »Sehen Sie, nun kann auch ich schon Gedanken lesen!«

Anderthalb Stunden später brachte der Boy, der in der Zwischenzeit nicht müßig gewesen war, die zweiundzwanzigste rote Rose und, da die erste voller Blumen war, eine zweite Vase.

Auf dem Parkett hatten Ballonschlachten stattgefunden. Und einer der jungen Amerikaner, die an der Theke getrunken hatten, war, nachdem er mit Gläsern nach dem Mixer geworfen hatte, ins Freie getragen und in den heilsam kühlen Schnee gesetzt worden.

Juana Fernandez saß noch immer in sich versunken.

Nur sooft sie das Weinglas zum Mund führte, streifte ihr Blick die Rosen.

Die meisten Gäste der Bar schienen sie zu kennen und trotz des nächtlichen Übermuts zu begreifen, dass sich die Schauspielerin von dem geheimnisvollen Rosenzauber nicht gestört oder gar ernstlich belästigt fühlte. Deshalb verbarg man die keineswegs geringe Neugierde hinter dem Schein einer wohlwollenden Interesselosigkeit.

Am Tisch Lamottes saß jetzt, außer ihm und Mintzlaff, eine lebhafte Gesellschaft; und zwar der Direktor des Verkehrsvereins, der leitende Arzt eines Sanatoriums, ein Maler aus Basel, ein Flugkapitän der Swissair und ein kleiner, brünetter Herr mit einem amüsanten Vogelgesicht und einem ungefassten Monokel.

Der Baron hatte die Korona, da sonst kein Platz gewesen war, an seinen Tisch gebeten, und schon bei der gegenseitigen Vorstellung war deutlich geworden, dass er richtig gehandelt hatte. Denn ebendieser kleine, schlanke, brünette Herr mit dem Monokel hatte, sich verbindlich verbeugend, gesagt: »Mein Name ist Mintzlaff.« Und der Herr, der erst seit Stunden Jennewein hieß, hatte lächelnd erwidert: »Sehr erfreut, Herr Professor!«

Aber auch die anderen Herrschaften hatten ihre verborgenen Reize. Der Chefarzt war zugleich der Vorsitzende der Kunstgesellschaft und sammelte Bilder. Der Flugkapitän war im Nebenberuf ein nicht unbekannter Schriftsteller. Und der Direktor des Verkehrsvereins war von Haus aus eigentlich surrealistischer Maler und veröffentlichte unter einem wohlklingenden Pseudonym seltsam schöne Gedichte, in denen, größerem Beispiel folgend, keine großen Buchstaben vorkamen.

Zunächst sprach man über einen Ausflug, den man am Vormittag mit einigen Züricher Journalisten und Herren vom dortigen Rundfunk unternommen hatte. Die Schlittenfahrt hatte in ein schweigsames, winters nahezu unbewohntes Tal geführt, das sich das Sertig nannte und dessen Stimmungsgehalt von den Anwesenden außerordentlich gepriesen wurde.

Dann wechselte das Thema. Man begann, mitten im heiter wogenden Trubel übermütiger Tanzpaare, die bange Frage zu diskutieren, ob die wirklich große Kunst und das Urteil des jeweils zeitgenössischen Publikums einander wesentlich beeinflusst hätten und ob sich, im Laufe der überschaubaren Kunstgeschichte, das Verhältnis zwischen den beiden Faktoren grundsätzlich und inwieweit es sich graduell gewandelt habe. Der wirkliche Mintzlaff verhielt sich schweigsam und hatte Muße, den falschen sorgfältig zu beobachten und, da dieser dem Gespräch ganz und gar nicht fernblieb, ein bisschen abzuschätzen. Eines stand sehr bald fest: Ein zufällig dahergelaufener, üblicher Hochstapler war der Mann unter keinen Umständen! Was er beispielsweise zur Debatte beitrug, verriet mindestens eine überdurchschnittliche Belesenheit sowie eine beachtliche Erfahrung, auf dem Gebiete der Kunst recht zu behalten. Endgültige Schlüsse ließen sich naturgemäß nicht ziehen. Derartige Tischgespräche geben selten Aufschluss über die tatsächliche Urteilskraft und Überzeugung der Debatteredner.

›Schade‹, dachte Mintzlaff. ›Mir wäre einer von den Burschen lieber gewesen, bei deren Anblick mir die Ohrfeigen in der Tasche wachsen!‹

Der Baron sah ihn verweisend an.

›Keine Sorge, Herr Baron‹, dachte er belustigt. ›Ich tu ihm nichts.‹

»Das möchte ich mir auch ausgebeten haben«, sagte Lamotte daraufhin.

Die Unterhaltung am Tisch stockte. Man hatte Lamottes Satz laut und deutlich gehört, wusste aber gar nicht, worauf er sich hätte beziehen können.

»Entschuldigen Sie, meine Herren«, meinte der Baron. »Ich war in Gedanken. Lassen Sie sich in Ihrer komplizierten Unterhaltung nicht stören!« Damit wandte er den Kopf zu dem Tisch der schönen Nachbarin.

Juana Fernandez legte gerade ihre schmale rechte Hand behutsam auf die vielen roten Rosen in der einen Vase, als wolle sie die Blumen streicheln. Es war eine vollendet zärtliche Bewegung. Dann stand sie auf, ergriff die eine halberblühte Knospe, die einsam aus der zweiten Vase ragte, und schritt, die Rose mit sich nehmend, langsam durch den Saal.

Alle blickten zu ihr hin. Sie hielt den Kopf ein wenig gesenkt und lächelte!

Es war ein winziges, schüchternes Lächeln, das, noch ungläubig, um ihren ernsten Mund spielte. Doch es war und blieb unzweifelhaft ein Lächeln.

Als die Argentinierin den Saal verlassen hatte, löste sich die stille Verblüffung in allgemeines Gemurmel auf.

»Ein Wunder ist geschehen«, erklärte der erstaunte Direktor des Verkehrsvereins. »Sie hat gelächelt.«

»Es gibt keine Wunder«, brummte der Arzt. »Wahrscheinlich liegt es an unserer guten Luft.« Der Usurpator des Namens Mintzlaff wandte sich an den Direktor: »Sie sollten nicht versäumen, in Ihrer hübschen kleinen Wochenzeitschrift auf die südamerikanische Heloise und das mit zwei Dutzend Rosen und Ihrer guten Luft zusammenhängende Wunder gebührend hinzuweisen.«

Der Maler aus Basel, ein noch jugendlich wirkender Mann mit grauem Haar, sagte nachdenklich: »Eine merkwürdige Frau. Ich verstehe nicht, warum es mich nicht drängt, sie zu malen. Vielleicht schlüge sie es nicht einmal ab. Aber mir ist, als sei es völlig überflüssig und als sei sie schon jetzt ihr Gemälde. Möglich, dass sie lebt. Natürlich muss sie leben; denn sie bewegt sich ja. Aber im Grunde, ich kann mir nicht helfen, ist sie ein Bild!«

Da nun sagte Lamotte, der noch immer wie gebannt hinter ihr dreinsah, einen Satz, der die Herren am Tisch erschrecken ließ und sie auf den naheliegenden Gedanken brachte, der Herr Baron scheine im Kopf nicht ganz richtig zu sein.

Lamotte sagte nämlich: »Es ist die schönste Frau, die ich seit zweihundert Jahren gesehen habe.«

Kurz darauf zahlte die Gesellschaft und ging ziemlich bestürzt ihrer Wege.

Sechstes Kapitel

Da Mintzlaff am nächsten Morgen, trotz der anstrengenden Ereignisse des Vortags, früh erwacht war, ließ er sich Zeit und frühstückte mit angemessener Sorgfalt auf der sonnenüberfluteten Terrasse des Hotels.

Von dieser Terrasse aus sah man zu den weitläufigen Eisplätzen hinüber, wo sich die Davoser Schuljugend tummelte. Ein paar Jungen übten unermüdlich an einem schwierigen Sprung. Und kleine Mädchen drehten auf ihren überlangen Kinderbeinen Pirouetten, dass die Zöpfe waagrecht vom Kopf abstanden.

Auch ein Stück der Straße ließ sich überblicken. Die Autobusse und Schlitten, die nach Davos-Dorf fuhren, hatten Überfracht. Hunderte und Aberhunderte wurden zur Talstation der Parsennbahn transportiert. Hundertvierzig Menschen hisste die Seilbahn mit jeder Fracht elfhundert Meter höher. Siebenhundert Menschen konnten in einer Stunde maschinell himmelan in den ewigen Schnee befördert werden!

Mintzlaff folgte, nachdem er gefrühstückt hatte, diesem Strome nicht, sondern schlug die entgegengesetzte Richtung ein und kraxelte, nicht ohne zuvor einen handfesten eisenbeschlagenen Stock erworben zu haben, in aller Gemütlichkeit zur Schatzalp hinauf.

Der Weg wand sich in Serpentinen durch hochstämmige, dick zugeschneite Tannenwälder. Hier war die Luft, da die Sonne nicht durch die Wipfel drang, frisch wie kühle Seide.

Manchmal trat der Wald zurück und machte kleinen Aussichtspunkten mit grünen Bänken Platz.

Im Tal lag Davos, rings von Bergen eingekesselt, ein Paradies aus Sonnenschein und Schnee.

Manchmal kreuzte der Weg eine Abfahrt. Nicht frei von Neid blickte Mintzlaff hinter den Skifahrern her, die wie Pfeile angeflogen kamen und, sich in die Kurve schwingend, talwärts verschwanden.

Die wenigen Spaziergänger, denen er begegnete, machten in einer Gegend, wo man gewöhnt war, mit Bahnen bergauf und auf Brettern bergab zu sausen, den Eindruck, als seien sie aus Museen heimlich entwichene Restbestände.

Einer der musealen Wanderer, die ihm entgegenkamen, war übrigens »Herr Professor Mintzlaff«, der sich, nachdem er kurz des gestrigen Abends gedacht hatte, angelegentlich nach Jenneweins Verlagsplänen erkundigte.

Das veranlasste wiederum den »Verleger Ludwig Jennewein aus Leipzig«, dem Professor Fragen zu stellen, deren Beantwortung dem Herrn mit dem Einglas, sowenig er es sich anmerken ließ, nicht gerade lieb und angenehm sein konnte.

Man verabschiedete sich lächelnd und gab der Hoffnung auf ein baldiges Wiedersehen lebhaften Ausdruck.

Hinter der Schatzalp gab es zwar noch Wegweiser, aber keine Wege mehr. Und als Mintzlaff einige Male metertief im Schnee eingesunken war, brach er das unwirtliche

Unternehmen ab, kehrte um und setzte sich vor ein kleines anheimelndes Wirtshaus, das am Berghang klebte. Er trank einen Schoppen Roten und schaute den Skiläufern zu, die vom Strelapass herunterpreschten, auf der Schatzalp bremsten und sich gegen Entgelt von dem sogenannten Skilift wieder zum Strelapass hinaufbugsieren ließen, um dann erneut herunterzupreschen.

Der Skilift war eine fröhliche Erfindung: Er war nichts weiter als ein über mehrere Masten laufendes Band mit in Abständen angebrachten schaukelähnlichen Sitzgelegenheiten. Wenn einer der Sitze die Fußstation des Lifts passierte, griff der Skifahrer zu, setzte sich rasch, behielt die Skier auf der Erde und fuhr nun, ohne weitere Mühewaltung, steil bergan. Die Bergwelt war wirklich mit jeglichem Komfort ausgestattet! Wer hier, in den höchsten Bezirken, etwa ein Bein brach, wurde umgehend von eigens zu diesem Zweck angestelltem Personal auf Sanitätsschlitten bis zum Krankenhaus gerodelt. Nur die Tabletten, die man einnehmen musste, um die Beine überhaupt nicht zu brechen, waren noch nicht erfunden. Aber auch da handelte es sich vermutlich nur um eine Frage der Zeit.

Mintzlaffs Tisch stand an der glühend heißen Hauswand, und an der Hauswand hing ein Thermometer, das vierzig Wärmegrade anzeigte.

Wenige Minuten später segelte eine weiße Wolke sonnenwärts. Nun sank das Quecksilber rasch auf achtundzwanzig, dann bis auf siebzehn Grad. Und als die Wolke die Sonne verdeckte, waren gar nur noch acht Grad. Doch die Wolke musste glücklicherweise weiter, und jetzt kletterte die Temperatur schnell wieder empor, bis die Sonne von neuem unbehelligt am Firmament erstrahlte, das Thermometer wieder vierzig Grad meldete und Mintzlaff die Jacke auszog.

»Da fährt ja einer wie der Teufel«, sagte der Wirt und blickte fachmännisch den Berg hinan. »Wer kann denn das sein?« Er meinte einen Skiläufer, der schnurgerade den Steilhang herunterschoss, pfeilschnell näher kam, als wolle er mitten in das friedliche Wirtshaus hineinfahren. Erst im vorletzten Moment schwang er sich herum und stand.

»Den kenn ich nicht«, sagte der Wirt. »Wie kann ein Mensch, der die Strecke noch nie gefahren ist, so leichtsinnig sein!«

Der leichtsinnige Mensch, den der Wirt nicht kannte, schnallte die Bretter ab und kam auf die Tische zu.

Es war Baron Lamotte!

Er lachte über das ganze Gesicht, klopfte Mintzlaff auf die Schulter, setzte sich und bestellte einen Teller Suppe.

»Sie sind doch die Strecke zum ersten Mal gefahren?«, fragte der Wirt.

»Warum?«

»Schade, dass Sie die Zeit nicht haben abstoppen lassen. Sie haben sicher den Streckenrekord gebrochen.«

»Rekord?«, fragte der Baron. »Was gehen mich denn Ihre Rekorde an! Ich fahre schnell, weil es mir Spaß macht.«

»So einen unmodernen Menschen habe ich lange nicht gesehen«, erklärte der Wirt. »Sie gefallen mir.« Dann ging er die Suppe holen.

»Dass Sie alles übertreiben müssen«, meinte der Kunstgelehrte vorwurfsvoll. »Ich denke, Sie wollen nicht auffallen?«

Lamotte nickte. »Ich gebe mir große Mühe, aber es ist so

schwer, das menschliche Maß einzuhalten! Sie ahnen gar nicht, wie schwer!«

»Sie Ärmster«, erwiderte Mintzlaff. Dann berichtete er von seiner Begegnung mit dem Hochstapler. »Ich fühlte ihm ein bisschen auf den Zahn und muss ehrlich sagen, dass er seine Rolle gründlich studiert hat. Er weiß, wo ich, das heißt er, geboren bin und an welchen Universitäten ich war. Er kennt meine, das heißt, seine Bücher und Aufsätze. Er weiß, dass ich unverheiratet bin. Er weiß sogar, in welchem Berliner Café ich täglich verkehre. Anfangs freute er sich über das rege Interesse, das ich, als Mensch und Verleger, an ihm nahm. Als ich ihn aber über die Auflagenhöhen seiner meisterlichen Werke auszuholen begann, wurde er nervös. Er scheint kein Fachmann zu sein, sondern eher ein kenntnisreicher Dilettant.«

Der Wirt brachte die Suppe, und Lamotte machte sich darüber her. »Darf man fragen, wie sich die schönste Frau, die Sie seit zweihundert Jahren gesehen haben, heute befindet?«

Der Baron verzog das Gesicht. »Erinnern Sie mich nicht an meine vorlaute Bemerkung von gestern Abend! Ein Glück, dass keiner der Herren am Tisch Verdacht schöpfte.«

»Was für Gedanken rief denn eigentlich Ihre Äußerung in den Köpfen der anderen hervor?«

»Sie schoben es mehr oder weniger auf den Champagner.« Lamotte löffelte die Suppe. Nach einer Weile sagte er: »Die Dame meines Herzens fuhr heute früh in einem Pferdeschlitten nach Klosters hinüber.«

»Und an ihrer Jacke steckte eine rote Rose?«

»Nein, nicht an der Jacke und nicht am Nerzmantel, sondern in der Handtasche. Im Übrigen möchte ich Sie rechtzeitig davor warnen, spöttische Reden über Juana Fernandez zu führen. Es könnte sonst geschehen, dass ich Sie in einem unvorhersehbaren Anfall von Ärger in ein Kamel oder einen Lorbeerbaum verwandle. Oder haben Sie, falls ich Sie verzaubern werde, besondere Wünsche?«

Mintzlaff lachte leise. »Nein, nein! Als Kamel hier oben im Schnee herumzustehen wäre mir schon recht.«

»Wie Sie wollen. Sie können sich die Sache noch in Ruhe überlegen. Was nun die schöne Argentinierin anlangt, so werde ich sie heute Abend zu einem argentinischen Tango auffordern.«

»Und sie wird ablehnen.«

»Erraten. Und dann werde ich mich an ihren Tisch setzen. Nein, das wird sie nicht ablehnen! Sie dürfen den Zauber meiner Persönlichkeit nicht unterschätzen! Und noch ehe sie einen Entschluss fassen kann, werde ich ihre rechte Hand ergriffen haben und ihr aus den Handlinien wahrsagen.«

»Aha!«

»Sie wird staunen, was ich über sie weiß.«

»Das glaube ich auch.«

»Und später werde ich dann doch einen argentinischen Tango mit ihr tanzen.«

»Ich zweifle nicht daran. Sollte sie noch Schwierigkeiten machen, werden Sie die Mitglieder des Tanzorchesters in Zwerge verwandeln und die Bar des Hotels in eine diamantene Grotte! Die Frau müsste ja ein Herz aus verchromtem Stahl haben, wenn sie einer so zart und dezent vorgetragenen Werbung widerstehen wollte!«

Der Baron blickte lächelnd den Berg hinan, den soeben eine Kavalkade von Skiläufern herabkam. Die ersten Fahrer bremsten nicht weit vom Gasthaus. Als Letzte folgte, in größerem Abstand, ein junges Mädchen, das eine lustige Kapuze trug.

Plötzlich sprang Mintzlaff in die Höhe und schrie aus Leibeskräften: »Hallo! Hallo!«

Die Skiläufer und die vor dem Wirtshaus sitzenden Gäste drehten sich hastig um. Was war denn geschehen? Warum schrie denn der Mann in einem fort »Hallo!«?

Auch das junge Mädchen hatte den Kopf gewendet. Dadurch verlor sie das Gleichgewicht und fiel jetzt, mit einem Juchzer, in den Schnee.

»Hallo!«, schrie Mintzlaff. Er wedelte dabei mit beiden Armen.

Da entdeckte ihn das Mädchen. Das vom Sturz eben noch verdutzte Gesicht leuchtete auf. Sie winkte mit den Skistöcken, strampelte sich lachend hoch und schnallte die Bretter ab.

Einer ihrer Begleiter kam zurück und fragte etwas.

Aber sie schüttelte entschieden den Kopf, gab ihm eine kurze Antwort und stapfte, während er, offensichtlich enttäuscht, weiterfuhr, auf Mintzlaff zu, der ihr mit Riesenschritten entgegenlief.

Sie pflanzte die Bretter und Stöcke in den Schnee, stellte sich, trotz der schweren Stiefel, auf die Zehenspitzen und gab Mintzlaff einen Kuss.

»So«, meinte sie dann erleichtert. »Das wäre erledigt! Gott zum Gruß, alter Junge!«

»Hallo!«, sagte er, noch völlig verblüfft. »Ich wusste ja gar nicht, dass du in Davos bist!«

»Das liegt an deiner verdammten Halbbildung«, erklärte sie. »Außerdem weile ich erst ein paar Tage in diesen

Mauern. Es gefiel mir nicht in Spezia. Der Großvater war zufällig selber guter Laune, und da konnte er mich nicht gebrauchen.«

Sie war eine zierliche Person und sah, mit den dicken Wollhandschuhen und unter der drolligen Zipfelkapuze, die sie trug, am ehesten wie ein Osterhase aus. »Bist du allein in Davos?«, fragte sie streng. »Oder hast du ein Weib bei dir?«

»Ich bin allein hier.«

»Dein Glück!« Sie hakte bei ihm unter und zog ihn zu dem kleinen Wirtshaus hinüber. »Ich gedenke, mich von dir zu irgendeiner Art Getränk invitieren zu lassen.«

»Und deine Begleiter?«

»Das junge Volk wartet an der Seilbahn, bis die Dame erscheint. Fragst du aus Mitgefühl mit ihnen, oder hast du Angst, du könntest mich nicht wieder loswerden?« »Ich frage aus Angst«, sagte er fröhlich.

»Dann ist ja alles in Ordnung.«

Sie näherten sich dem Tisch, an dem sich jetzt Lamotte erhob und das Paar erwartete.

»Darf ich die Herrschaften miteinander bekanntmachen?«, sagte Mintzlaff. »Baron Lamotte – Fräulein Sumatra Hoops.«

Lamotte ergriff die Hand des Mädchens. »Das ist also die junge Dame, die ›Hallo‹ heißt!«

Sie streifte die von einem Eishäubchen gekrönte Kapuze ab. Aschblondes Lockengekräusel kam zum Vorschein. »Alfons hat also geplaudert«, meinte sie und setzte sich.

Nun nahmen auch die Herren Platz. »Ja«, erklärte Mintzlaff. »Wir hatten zufällig ein Gespräch über Vornamen.«

»Und eines über anonyme Telegramme«, fügte der Baron hinzu.

Das junge Mädchen musterte Lamotte mit einem Blick, der, so flüchtig er schien, an Gründlichkeit wenig zu wünschen übrigließ.

»Natürlich!«, rief Mintzlaff. »So ist es! Du hast die Depesche geschickt!«

»Ich war so frei«, sagte sie. »Als ich in Davos ankam, las ich das Plakat. Nun hattest du mich doch aber dahin informiert, dass du erst in etwa vierzehn Tagen einträfst! Ich freute mich, dich wieder einmal beim Lügen ertappt zu haben, erkundigte mich im Verkehrsverein nach deiner Adresse und trabte ins Grandhotel. Der Portier behauptete, dass du auf deinem Zimmer wärst, und setzte sich, um dir meinen holden Besuch anzukündigen, mit dem Appartement zwölf in telefonische Verbindung. Diesen Moment benutzte ich, spontan wie ich bin, und erklomm das erste Stockwerk des Hotels.«

»Jetzt wird es spannend«, vermutete Mintzlaff.

»Ich klopfte an die Tür mit der Nummer zwölf. Eine Männerstimme rief ›Herein!‹. Ich riss die Tür auf, wollte irgendeine der zwischen uns ortsüblichen unpassenden Bemerkungen machen und stand einem mir durchaus fremden Herrn gegenüber. Er war erstaunt. Trotzdem war seine Verblüffung, mit der meinen verglichen, ein Kinderspiel für Dreijährige. Gut, wir hatten uns ein paar Wochen nicht gesehen – aber dass du dich in der Zwischenzeit derartig verändert haben könntest, hielt ich von vornherein für ausgeschlossen. Er fragte nach meinem Begehr. Daraufhin fragte ich höflich, ob er auch ganz bestimmt wisse, dass er ein gewisser Herr Professor Mintzlaff sei. Er replizierte, dass es darüber gar keinen Zweifel geben könne.«

»So ein frecher Hund!«

»Ich dachte das Gleiche, versicherte ihm jedoch, wie glücklich ich sei, ihn, dessen Bücher zu verschlingen ich die Gewohnheit hätte, endlich von Angesicht zu Angesicht zu schauen. Er behauptete, von unserer Begegnung nicht minder ergriffen zu sein, und wollte wissen, ob ich allein reise. ›O nein‹, sagte ich. ›Ich bin mit meiner Großmutter unterwegs. Und die Gute glaubt, ich sei in der Klavierstunde!‹ Na ja. Und dann empfahl ich mich, ließ mir von ihm die Hand küssen und eilte hurtigen Fußes zum Telegraphenamt!«

»Warum depeschiertest du aber anonym?«

Hallo hängte die vereiste Jacke an den Fensterriegel. »Mein teurer Freund«, erklärte sie dann, »mir lag daran, dich neugierig zu stimmen. Neugierde kleidet dich so gut.« Sie wandte sich an Lamotte. »Kennen Sie Alfons näher?«

»Nein«, erwiderte der Baron bescheiden. »Leider nicht.«

»Er ist der Psalmist des seelischen Gleichgewichts«, sagte sie. »Und ich lasse seit Jahren nichts unversucht, sein Gemüt zum Schaukeln zu bringen. Aber es ist ein Versuch am untauglichen Subjekt.« Das junge Mädchen lachte. Es war kein besonders frohes Lachen. »Herr Wirt!«

Der Wirt kam. Sie bestellte ein Skiwasser. Dann fragte sie den Freund: »Wie gefällt eigentlich dir der Herr, der in deinem Namen Vorträge hält? Oder ist er dir noch gar nicht über den Weg gelaufen?«

»Doch. Gestern Nacht in der Bar.«

»Nun, und?«

»Zu meinem Leidwesen muss ich feststellen, dass er mir nicht völlig missfällt!«

»Er ist nicht der Dümmste«, sagte sie. »Und er trägt hübsche Krawatten.«

»Kannst du dir vorstellen, warum und wozu sich dieser Mensch der Mühe unterzieht, meine Rolle zu spielen?«

Hallo schüttelte den Kopf, dass die Locken flogen. »Nein. Vielleicht ist er verrückt?« Der Wirt brachte das Skiwasser, und sie trank das Glas in einem Zuge leer.

»Du kommst doch am Mittwochabend mit uns zu seinem Vortrag? Ich besorge rechtzeitig Karten. Oder hast du keine Zeit?«

»Sechs Jahre lang habe ich mir deine Vorträge mit einer wahren Lammsgeduld angehört, und nun, wo so ein Abend endlich einmal interessant und allgemeinverständlich zu werden verspricht, sollte ich keine Zeit haben?«

Mintzlaff lachte. »Was sagen Sie zu der burschikosen jungen Dame, Herr Baron?«

Lamotte blickte den anderen nachdenklich an. »Fräulein Hoops ist wundervoll tapfer.«

Hallos braune Augen wurden dunkel vor Ernsthaftigkeit. Sie sprang auf, griff nach ihrer Jacke und meinte leichthin: »So, jetzt muss sich das tapfere kleine Fräulein verabschieden! Wie ist das, Alfons? Lädst du mich für heute Abend zu einem Whisky ein? Oder willst du lieber allein sein? Du kannst es dir überlegen. Ich wohne in der Pension Edelweiß.« Sie gab beiden Herren die Hand.

»Ich hole dich nach dem Abendessen ab«, sagte Mintzlaff. »Wundere dich übrigens nicht, wenn man dir meldet, dass dich ein Herr Doktor Jennewein in der Halle erwartet. So heiße ich bis auf weiteres.«

»Ach richtig! Und an welchen Vornamen muss ich mich bis auf weiteres gewöhnen?«

»An den schönen Namen Ludwig«, teilte der Baron mit.

Sie warf Lamotte wieder einen prüfenden Blick zu. Dann schaute sie Mintzlaff lächelnd an und sagte: »Hoffentlich wirst du nicht eifersüchtig, wenn ich dich versehentlich einmal Alfons nenne. Auf heute Abend, du Scheusal!« Sie nickte ihm zu, schnitt eine Grimasse und stapfte in den Schnee hinüber, zu ihren Brettern. Eine Minute später verschwand sie talwärts.

Mintzlaff, der an die Holzbrüstung getreten war, um hinter ihr herzuschauen, setzte sich wieder, nachdem sie seinem Gesichtskreis entschwunden war, und blickte versonnen auf die blankgescheuerte Tischplatte.

Lamotte beugte sich zu ihm und sagte leise: »Unbeschadet meiner hochgradigen Fähigkeit, Gedanken zu lesen, erscheint mir Ihr Verhalten diesem bezaubernden jungen Geschöpf gegenüber einigermaßen rätselhaft.«

Mintzlaff sah den Baron an und senkte den Kopf von neuem. »Wir sind seit sechs Jahren befreundet. Als wir uns kennenlernten, war Hallo neunzehn Jahre alt.«

»Und heute«, meinte Lamotte, »sieht sie aus, als sei sie siebzehn. Es gibt solche mädchenhaften Frauen.«

Mintzlaff nickte. »Sie wird immer jünger. Trotz des Kummers, den sie mit mir hat.«

»Sie hätten sie heiraten sollen. Sie könnten schon zwei oder drei Kinder haben.«

»Ich wollte nicht.«

»Die gläserne Mauer war wieder einmal im Wege! Das Glück, das Ihnen bevorstand, hätte Sie zu sehr abgelenkt!«

»Sie blieb trotzdem bei mir; und sie würde immer bei mir bleiben, wenn ich sie hielte. Doch ich weiß nicht ein noch aus. Früher war ich grenzenlos in sie verliebt, ohne sie schon zu lieben. Und jetzt, da ich nicht mehr in sie verliebt bin, liebe ich sie wie mein eigenes Leben.« »Und an Tagen, an denen Sie zufällig eine Viertelstunde übrig haben, benutzen Sie diese freie Zeit, um unglücklich zu sein. Selbstverständlich nur ein ganz klein wenig unglücklich! Weil eine stärkere Inanspruchnahme Ihres ausgewogenen Innenlebens unbekömmlich wäre!«

»Ich bin in meinen freien Viertelstunden darüber nicht unglücklich, sondern böse«, sagte Mintzlaff.

»Auf jene Instanz, die Sie Erwin nennen.«

»Jawohl! Er lässt zwei Menschen jahrelang miteinander glücklich sein, und dann stiehlt er auf einmal dem einen das Verlangen nach dem anderen! Warum tut er das? Wenn er es schon tun will oder muss – warum bestiehlt und plündert er nicht alle zwei? Zur selben Zeit? Ich finde es niederträchtig!«

»Das ist der zweite große Vorwurf, den Sie der Schöpfung machen.«

»Nicht der letzte!«

»Sie möchten drei- bis vierhundert Jahre alt werden. Mindestens so alt wie ein größerer Lindenbaum. Nun, in dieser Beziehung kann ich mich nicht beklagen. Was nun die erotische Wankelmütigkeit betrifft, so teile ich zwar diese Eigenschaft mit Ihnen, nicht aber die Abneigung davor.«

»Meine Glückwünsche!«, sagte Mintzlaff. »Sie haben es also auch erlebt, dass Sie die Frau, die Sie lieben, ins Pfefferland und sich irgendeine unterhaltsam gebaute Person, die Ihnen im Übrigen womöglich völlig gleichgültig ist, in die Arme wünschen?«

»Erlauben Sie!«, erwiderte Lamotte. »Schon oft! Sie müssen nicht vergessen, dass ich sehr viel länger lebe!«

»Und Sie haben sich deswegen noch nie geschämt?«

»Ich denke gar nicht daran!«

»Sie finden es in Ordnung?«

»Ich finde alles, was natürlich ist, in Ordnung.«

»Sind Sie verheiratet?«

Der Baron musste lachen. Er nickte lebhaft.

»Und Sie hatten nie ein schlechtes Gewissen?«

»Ich werde mich hüten! Das schlechte Gewissen ist eine ebenso christliche wie überflüssige Erfindung. Mich hat nie das Gewissen, stattdessen aber immer die Eifersucht meiner Frau gequält.«

»Die Eifersucht ist doch auch etwas Natürliches!«

»Leider. Aber selbstverständlich nur dort, wo Monogamie herrscht.«

»Ihre Lebensauffassung ist mir allzu natürlich«, meinte Mintzlaff. »Am Ende verteidigen Sie auch Raub und Mord!«

»Ich verteidige sie nicht. Aber sie sind natürlich, und die Strafe dafür ist es auch.«

»Sie halten es also mit Zenon, der einen diebischen Sklaven sagen lässt, er sei vom Schicksal zum Stehlen bestimmt, und dem darauf die Antwort zuteilwird, er sei aber auch vom Schicksal ausersehen, dafür Schläge zu bekommen.«

»Ja«, erwiderte Lamotte. »Zenon war meiner Meinung.«

»Dann lehnen Sie das ab, was man die Entwicklung der Menschheit genannt hat?«

»Sie wollen mich heute, scheint mir, dauernd zum Lachen bringen«, bemerkte der Baron. »Ich lehne die Entwicklung der Menschheit keineswegs ab. Ich werde doch nicht etwas ablehnen, was es nicht gibt. Sie sind ein Idealist, und Idealisten sind schreckliche Leute. Sie rauben, noch dazu aus Sentimentalität, nicht nur sich selber, sondern auch, was schlimmer ist, den anderen den Sinn für die ewige Wirklichkeit und stiften neue, überflüssige Schmerzen. Als ob es nicht ohnedies genügend Konflikte gäbe. Ich erinnere Sie nur an die Eifersucht meiner Frau!«

Der Baron legte Geld auf den Tisch und erhob sich. »So, und jetzt mache ich mir noch ein wenig Bewegung. Die alten Knochen haben es nötig.« Er hielt dem jungen Mann die Hand hin. »Es hat nicht den geringsten Sinn, sich über mich zu ärgern!«

»Obwohl es ein ziemlich natürlicher Seelenvorgang wäre!«, sagte Mintzlaff und nahm die Hand.

»Ehe ich es vergesse«, erklärte der Baron, »am Sonnabend findet im Grandhotel ein Kostümball statt. Das kleine Fräulein Hallo und Sie sind meine Gäste. Ich sage es Ihnen heute schon, damit Sie rechtzeitig überlegen, wie Sie sich verkleiden wollen.«

»Als was werden Sie denn erscheinen?«

»Ich?« Lamotte lächelte. »Ich komme als Zeus!«

Mintzlaffs Gesicht und Blick froren ein. Er hatte sich weit vorgebeugt und starrte den anderen außer sich an.

Der Baron tat, als merke er Mintzlaffs Erschütterung nicht. Er zog die dicken Fausthandschuhe an und sagte währenddem: »Aber sprechen Sie nicht darüber!«

Dann ging er mit großen, ruhigen Schritten davon.

Siebentes Kapitel

Solange Mintzlaff noch herumgerätselt hatte, wer eigentlich der Baron sei, war er nicht entfernt so beunruhigt gewesen wie jetzt. Seine Gedanken kreisten fieberhaft um den Fremden und das nun gelüftete absurde Geheimnis.

Ob er krank sei, hatte der Wirt des Hotels beim Mittagessen gefragt. Er sehe angegriffen aus. Mintzlaff hatte Kopfschmerzen vorgeschützt und war auf seine Loggia geflüchtet.

Hier ruhte er nun in einem bequemen Liegestuhl und schlief. Sein Gesicht sah aus, als strenge ihn das Schlafen an. Manchmal flatterten die Augenlider, und der linke Mundwinkel zuckte ungeduldig.

Er träumte …

Der Traum hatte ihn in eine weite, karg bewachsene Ebene entführt. Mitten in dieser Ebene weidete eine große Schafherde, und neben der Herde stand ein schwarzlockiger, antik gewandeter Hirt. Er hatte beide Hände auf einen hohen Krummstab gestützt und blickte in ruhiger Melancholie über die grauwollige Welle der grasenden Tiere hin.

Von fern dröhnte die Erde.

Am Horizont tauchte ein Reiter auf und näherte sich in einer wallenden Staubwolke.

Der Hirt blickte hoch. Schützend legte er eine Hand über die Augen.

Es war kein Reiter. Es war ein Kentaur!

Er sprengte in gestrecktem Galopp auf die Herde zu, parierte sich scharf durch und stand. Merkwürdigerweise trug er auf dem Bronzeschädel eine schöne blaue Postmütze; und quer über den nackten, zottigen Oberkörper spannte sich ein roter Ledergurt, an dem eine rote Tasche hing. Es war offensichtlich eine Depeschentasche.

»Ist das der richtige Weg zum Olymp?«, fragte der atemlose, nervös mit den Hufen stampfende Kentaur.

Der Hirt hob wortlos den Krummstab und zeigte auf einen im Hintergrund mächtig emporragenden Berg, der silbergrün bewaldet und dessen Gipfel von einer unbeweglichen Purpurwolke verhüllt war.

»Aha«, sagte der Kentaur, salutierte kurz, gab sich dann einen aufmunternden Schlag auf die Flanke, sprengte davon und verschwand in einer graubraunen Staubwolke.

Die Schafe blökten hinterdrein.

»Lasst das!«, sagte der thessalische Hirt streng, und die Schafe gehorchten.

Mittlerweile galoppierte der Kentaur schon bergan, durch silbergrüne Olivenhaine.

Aus den Wäldern und Hainen wurden Büsche und aus den Büschen trockenes Gestrüpp. Weiter oben wuchsen Steine durch das Gestrüpp. Dann wichen die harten, kantigen Steine und Blöcke dem weichen, dämpfenden Schnee. Und schließlich trabte das zottige, schwitzende Fabelwesen in die unbewegliche Purpurwolke hinein, die den Gipfelbezirk wie eine schwebende Mauer umgab. Das Hämmern der Hufe wurde unhörbar, und erst später, als der Kentaur die Wolke durchquert hatte, wurde das Hufgeklapper wieder laut. Die von Hephaistos erbaute Residenz der attischen Götter war erreicht.

»Uff«, sagte der Kentaur, nahm die blaue Postmütze ab und fuhr sich mit dem Handrücken über die dampfende Stirn. Der Olymp erinnerte, mindestens in der Anlage, an die Akropolis; freilich sah man keine Tempel, sondern mykenisch anmutende Burgen. »Lauter Marmor«, knurrte der Kentaur etwas missgünstig. »Die Leute leben!« Dann trabte er, beinahe kokett tänzelnd, auf das nächstliegende Schloss zu, dessen Tor von Hermen flankiert war und sich soeben öffnete. Die Stufe herab stieg, braungebrannt, schlank und spitzbärtig, Hermes, der Bote der Götter. Der Kentaur holte, nachdem er durch Anlegen der Hand an die Kopfbedeckung gebührend gegrüßt hatte, aus seiner roten Depeschentasche ein vollgekritzeltes Wachstäfelchen und sagte: »Ein Eilbrief, göttliche Hoheit!«

Hermes nahm die Post entgegen, las, indessen sich seine kohlschwarzen Augenbrauen immer höher zogen, die Nachricht und nickte kurz. »Lass dir drüben in den Ställen etwas zu fressen geben«, erklärte er abschließend.

Der Kentaur salutierte wieder, machte auf der Hinterhand kehrt und galoppierte, seinem Pferdeverstand folgend, in die Richtung der Stallungen davon.

Hermes aber überquerte, von seinen berühmten Schuhen beflügelt, schwebend den sanft ansteigenden Platz, auf dessen höchstem Punkt sich die größte, die väterliche Burg erhob.

Er federte leichtfüßig die Stufen hinan, schwebte durch eine Säulenhalle und gelangte nun in einen weiten, einfach gehaltenen Saal mit hohen Fenstern.

An einem der Fenster saß eine Frau. Sie spann Schafwolle. Ohne sonderlich aufzusehen, fragte sie: »Neuigkeiten?«

Hermes reichte ihr wortlos das bekritzelte Wachstäfelchen.

Nachdem sie die Botschaft gelesen hatte, stand sie auf und schritt langsam auf dem Marmorparkett hin und her. Sie war eine königliche Erscheinung und eine gute Dreißigerin. Jetzt blieb sie vor Hermes stehen und blickte ihn zornig an. »Es ist ein Skandal!«, sagte sie, wobei ihr Busen wogte. »Es wird mir zu bunt. Ich lasse mich scheiden.«

Hermes lächelte verhalten in seinen köstlich gesalbten Spitzbart. »Aber liebste Stiefmutter«, erklärte er, »was Sie vorhaben, ist ein sogenanntes Ding der Unmöglichkeit! Hera lässt sich von Zeus scheiden – nein, und nochmals nein! Sie können doch den Olymp vor der Geschichte nicht lächerlich machen!«

»Dein Vater macht mich seit etlichen tausend Jahren vor der Geschichte lächerlich!«

»Das ist es eben! Kein Mensch würde Ihren so verspäteten Entschluss, sich von Papa zu trennen, verstehen. Nicht einmal die Historiker unter ihnen.«

Hera ballte ihre klassisch schönen Hände zur Faust. »Was gehen mich denn die Menschen und die Historiker unter ihnen an?«, rief sie entrüstet. »Ich bin eine Göttin außer Dienst, dazu verurteilt, fünfunddreißig Jahre alt zu bleiben …«

»Siebenunddreißig, liebste Stiefmutter!«

»… fünfunddreißig Jahre alt zu bleiben und nicht sterben zu dürfen. Was wissen denn die Menschen und die Historiker unter ihnen von den Qualen der Götter!«

»Auch die Menschen und die Historiker unter ihnen kennen die Eifersucht im Allgemeinen wie auch die Ihrige, liebste Stiefmutter. Sie kennen übrigens auch Ihre aus Eifersucht entstandenen Gräueltaten.«

»Warum hat uns die unbekannte Macht dazu verdammt, dass wir nicht altern dürfen? Warum konnten wir nicht wie Tithonos älter und älter werden und trotzdem unsterblich sein?«

»Leider kann ich Ihre Frage nicht beantworten. Aber dass eine Scheidung im vorliegenden Fall unmöglich ist, glaube ich Ihnen versichern zu können. Im Übrigen können wir, wenn Sie wollen, gern einmal Apollon um seine Meinung befragen.«

»Seinen Lieblingssohn? Den Sohn dieser Leto?« Hera lachte bitter. »Du bist nicht bei Trost.«

»Wir können es auch unterlassen«, sagte Hermes. »Ich bin sicher, dass er sich meiner Ansicht vollinhaltlich anschlösse.«

»Natürlich! Ihr standet immer auf eures Vaters Seite. Auch meine eigenen Kinder, sogar meine Töchter!« Sie trat zum Fenster. »Wo liegt dieses Davos eigentlich?«

»Gen Abend, auf halbem Weg zu den Säulen des Herakles. Hoch oben in einem Gebirge.«

»Ich hasse Zeus«, murmelte die Herrin des Olymps. »Ich verachte ihn.«

»Und Sie lieben ihn«, fügte Hermes sorgfältig hinzu. »Man soll das Wichtigste nicht vergessen.«

»Nein, ich liebe ihn nicht mehr. – Wie nannte er sich, als er das letzte Mal auf Reisen war?«

»Graf von Cagliostro.«

»Cagliostro, richtig! Und diesmal tritt er nun also als ein Baron Lamotte auf, der alte Taschenspieler!«

»Sie müssen zugeben, dass Papa im Laufe der Jahrhunderte merklich ruhiger geworden ist und nicht mehr so viel reist. Wenn man bedenkt, dass er früher als Stier, Schwan, Doppelgänger, Goldregen und dergleichen auftrat …«

»Ich muss gar nichts zugeben«, erklärte Hera ungnädig. »Es liegt ja auch nicht an ihm, sondern daran, dass die Menschen keine Phantasie mehr haben!«

»Das mag noch hinzukommen.«

»Ich werde ihm nachreisen und seinem neuen Schwarm, dem er den Kopf verdreht hat, den Hals umdrehen!«

»Aber liebste Stiefmutter, Sie wissen doch gar nicht, ob es sich auch diesmal um eine Frau handelt!«

Hera lachte kurz durch die griechische Nase. Jede weitere Antwort schien sich für sie zu erübrigen.

Hermes versuchte langsam auf und ab zu gehen, doch da er seine Flügelschuhe trug, misslang das Unterfangen, und er schwebte stattdessen mit lautlosen Riesenschritten von einer Ecke des großen Saals in die andere.

Hera schüttelte ärgerlich das Haupt und sagte streng: »Lass den Unsinn! Wenn du das nächste Mal zu mir kommst, ziehe dir gefälligst langsamere Schuhe an! Mich macht das Gehüpfe ganz krank.«

Hermes blieb stehen und öffnete bereits den Mund.

Aber der Familienstreit, der in der Luft lag, wurde durch das Erscheinen der jugendfrischen Hebe eben noch abgewendet. Sie trug ein goldenes Tablett mit allerlei Tischgerät und rief mit fröhlicher Stimme: »Das zweite Frühstück, Mama!«

»Was gibt es denn?«, fragte Hera.

Hebe antwortete, während sie das Tablett auf den steinernen Tisch setzte: »Nektar und Ambrosia!«

Heras Gesicht verdüsterte sich von neuem. »Schon wieder!«, meinte sie unwirsch. »Ich kann das Zeug nicht mehr sehen! Außerdem war es früher besser.«

»Es ist aber sehr gesund«, erklärte die praktisch denkende Tochter. »Und es erhält uns ewig jung.«

Hera nickte grimmig. »Oh, diese ewige Jugend! Weißt du, wo sich dein Vater zur Zeit aufhält?«

»Wollte er nicht nach Dodona?«

»Argloses Kind! Nein, er ist nicht im Hain von Dodona, nicht unter den heiligen Eichen, ganz und gar nicht! Er ist in Davos, einem Wintersportplatz, und streicht wieder einmal hinter einem hübschen Frauenzimmer her!«

»Wie interessant!«, rief die Tochter. »Weiß man schon Genaueres?«

»Hebe!«, sagte die Mutter streng. »Lass dich nicht so gehen!«

»Ach, du tust immer, als sei ich noch ein Backfisch von fünf-, sechshundert Jahren!«

Hermes lachte und schwebte mit zwei großen Sätzen aus der väterlichen Burg.

Hera blickte vorwurfsvoll hinter ihm drein. »Dieser Hermes«, sagte sie, und es klang wie eine Beleidigung. »Seit er seinem Vater half, Alkmene zu verführen, kann ich ihn nicht mehr leiden.«

Hebes reizendes Gesicht überzog sich mit dunkler Röte. »Mutter«, meinte sie leise und warnend, »du sollst nicht abfällig über meine Schwiegermutter reden. Du weißt, dass Herakles und ich das nicht besonders mögen.«

»Ich verbitte mir derartige Zurechtweisungen von dir auf das entschiedenste, mein Kind! Von deinem Manne übrigens auch. Ihr wollt mir untersagen, so über diesen

Skandal zu reden, wie mir ums Herz ist? Sei still! Nicht genug, dass Zeus eine anderweitig verheiratete Frau mit einem Sohn beglückte – nein, er musste auch noch seinen Bastard mit seiner und meiner Tochter Hebe verehelichen!« Die Stimme Heras war recht laut geworden.

»Das werde ich Herakles erzählen!«, rief Hebe weinerlich. »Er hat ganz recht.«

»Womit, wenn ich fragen darf?«

»Damit, dass du keinen vornehmen Charakter hättest! ›Deine Mutter‹, sagte er gestern Nacht vor dem Einschlafen, ›hat mir Schlangen in die Wiege gelegt. Wer so etwas tut, ist keine Dame!‹«

»Das ist ja großartig! Dein außerehelicher Stiefbruder Herakles, den du geheiratet hast, äußert Ansichten! Das hat mir noch gefehlt! Ein Schlagetot und Muskelpaket wie er hat recht, weil er deine Mutter beschimpft! Schämst du dich denn gar nicht?«

»Du solltest ganz still sein!«, rief Hebe, und ihre süße Stimme überschlug sich leider. »Du bist ja nicht nur meine Mutter, sondern auch noch meine Tante! Denn du hast meinen Vater geheiratet, und der ist dein Bruder. Du hast Papa zu meinem Onkel gemacht! Und da soll ausgerechnet ich Grund zum Schämen haben?« »Hebe!«

»Tantchen!«

Die Stimmen der beiden göttlichen Frauen brachten die Wände des Burgsaals zum Erzittern.

Ob es aber nur daran lag?

Jedenfalls hatte sich der Haken gelockert, an dem hoch oben an der Wand der Schild des Zeus hing. Jetzt glitt der Haken aus dem Dübel, und Aegis, das einzigartige Werk des Hephaistos, fiel krachend auf die Marmorfliesen!

Da wurde die Purpurwolke, die den Olymp umschirmte, tintenschwarz! Grelle Blitze zuckten gebündelt durch die Luft, und höllisches Donnergebrüll erfüllte die überirdischen Bezirke! In den Ställen des Zeus entstand Tumult, und mitten durch eine splitternde Türfüllung sprang hässlich fluchend ein Kentaur!

Er hielt sich die niedrige zerbeulte Stirn mit beiden Händen und galoppierte fassungslos durch die jaulende Finsternis. Er hatte vollkommen die Herrschaft über sich verloren. Er ging sich selber durch!

Die schöne blaue Briefträgermütze riss ihm, während er über den unheimlich dunklen Platz dahinraste, der Sturm vom Schädel. Schwarze Wolken schlugen ihm wie schwere, nasse Lappen ins Gesicht. Er spuckte. Heu hing ihm aus dem Mund.

»Meine schöne blaue Mütze!«, brüllte er. Doch der Schrei ging im Toben der Elemente unter. Blitz und Donner, die Waffen des Zeus, regierten die Stunde.

Sie wollten die Götter daran erinnern, wer ihr Herr war. Denn zuweilen sind auch Götter vergesslich.

Achtes Kapitel

Fräulein Hallo Hoops saß, in ein taubengraues glockiges Taftkleid gehüllt, in ihrem Zimmer und tippte auf der Schreibmaschine.

Obwohl sie sich schon seit ein paar Jahren ganz wacker damit durchs Leben schlug, dass sie merkwürdige Geschichten erfand und diese an Zeitungen und Zeitschriften verkaufte, tippte sie noch immer mit nur zwei Fingern, und die kleine rote Zungenspitze bewegte sich zwischen den Lippen genau von links nach rechts wie die Walze der Schreibmaschine. Jedes Mal, wenn am Ende einer Zeile das dünne Glockenzeichen ertönte, huschte die Zungenspitze in den linken Mundwinkel zurück.

Hallo hatte sich schön gemacht. Sie hatte die blonden Locken gezähmt, die Fingernägel mit einem sanften Rosa bestrichen und sogar die langen Wimpern ein bisschen getuscht. Dem Stubenmädchen, das darüber erstaunt gewesen war, hatte sie salbungsvoll gesagt: »Das gnädige Fräulein haben heute einen besonders malerischen Tag.« Nun hockte sie also, zierlich und bunt wie ein zarter Sommerfalter, auf einem Hotelstuhl und schrieb, während sie auf Alfons Mintzlaff wartete, an einer Kurzgeschichte, die sie sich vor ein paar Tagen auf einem Spaziergang stirnrunzelnd ausgedacht hatte.

Plötzlich drang das Stubenmädchen, ohne angeklopft zu haben, ins Zimmer und sagte aufgeregt: »Der Herr, der auf Ihrem Nachttischchen steht, wartet im Salon!« Dabei zeigte sie auf eine gerahmte Photographie. »Ich habe ihn gleich wiedererkannt, Doktor Jennewein heißt er. Er sieht sich sehr ähnlich.«

»Das tut er«, bestätigte Hallo. »Nur ist er in Wirklichkeit etwas größer.« Dann stieg sie eifrig in die dicken Pelzschuhe; und kaum dass sie in den Bibermantel geschlüpft war, hüpfte sie treppab.

Als sie in den Salon trat, stand Mintzlaff auf und stellte sich, breitbeinig und den Hut seitlich in die Luft streckend, vor Hallo hin.

Sie ging darauf ein, legte eine Hand nach hinten, krümmte den Rücken, als sei er alt und gichtig, und kam nun, wie wenn sie sich an einem Krückstock fortbewegte, auf den Freund zu. Sie blieb dicht vor ihm stehen, blickte, mit den Augen blinzelnd, zu ihm hoch, hüstelte und fragte heiser: »Kennt Er mich, Kerl?«

»Jawohl!«

»Wer bin ich?«

»Fräulein Sumatra Hoops, Majestät!«

»Und wer ist Er, Kerl?«

»Keine Ahnung!«

Da entledigte sie sich ihrer königlichen Haltung und stemmte die Arme wie eine Marketenderin in die Hüften. »Soll ich dir's sagen?«

Er antwortete: »Ich bitte darum.«

Sie hob flüchtig die Arme und stemmte sie, diesmal noch energischer, in die Seiten. »Du bist das ekelhafteste, scheusäligste, unmöglichste ...«

»Vorsicht, Majestät!«, unterbrach er.

»Du willst mich hindern ...?«

»Ich sehe mich genötigt.«

»Weswegen?«

»Die Kammerjungfer braucht nicht zu wissen, was für feine Bekannte du hast.«

Hallo fuhr herum!

Richtig, da stand das Stubenmädchen, hatte einen roten Kopf und zuckte verlegen mit den Achseln.

»Merken Sie sich eins, mein Kind«, sagte Hallo würdevoll, »und handeln Sie darnach. Blödsinn treiben erhält jung. Das sehen Sie an uns.« Dann wandte sie sich an Mintzlaff: »Und jetzt komm, du fröhlicher Landmann!«

Sie verschleppte ihn in die Kurhaus-Bar.

»Du kennst ja meinen unverwüstlichen Hang zur Offenheit«, meinte sie, als sie den kleinen, beinahe verstohlen erleuchteten Raum betraten. »Ich werde dir also auch gestehen, warum ich mit dir hierhergegangen bin. Bei näherem Hinsehen wirst du merken, dass es hier Logen gibt. Wenn es dich also drängen sollte, eines meiner niedlichen Patschhändchen zu halten, so stünde einer derartigen Aufdringlichkeit nichts im Wege.«

Sie nahmen in einer der Logen Platz und bestellten etwas zu trinken.

Er sah sich schweigend in dem Raum um.

Sie blickte ihn prüfend von der Seite an. »Sprich nicht so viel!«, mahnte sie dann. »Es könnte deiner Stimme schaden.«

»Sehr viel rotes Licht«, brummte er.

Sie nickte. »Schön, nicht? Fast wie vor sechs Jahren auf unserer ersten Reise.«

›Deswegen hat sie mich hierhergelockt‹, dachte er. »Ich war vorgestern wieder in München«, fuhr er laut fort. »In den Teestuben auf der Brienner Straße.«

›Er ist mit seinen Gedanken sonst wo‹, dachte sie betrübt.

»Dort lernte ich übrigens Baron Lamotte kennen, mit dem du mich auf der Schatzalp trafst.«

»Das ist ein seltsamer Riese. Er ist auf so hübsche Art unheimlich.«

Der Kellner brachte den Whisky und zog sich wieder zurück.

»Denkst du noch manchmal daran?«, fragte sie. »An den Fasching? Die Sonne schien so schön ins Hotelzimmer …«

»Natürlich denke ich noch manchmal daran!«, sagte Mintzlaff. »Was schreibst du jetzt?«

»Ach, wieder eine meiner berühmten Kurzgeschichten. Ich war gerade an der Arbeit. Aber du störtest mich leider. Du störst mich überhaupt in einem fort. Manchmal dadurch, dass du bei mir bist, und meistens dadurch, dass du nicht bei mir bist.«

»Kurz, du hast es schwer.«

»Freilich habe ich es schwer!«, erklärte sie energisch. »Alle Frauen haben es schwer. Weil ich ein kluges Mädchen bin, weiß ich sogar, woran es liegt.«

»Woran liegt es?«

»Wir können, im Gegensatz zu den Männern, nicht allein sein.«

»Und ihr könnt es auch nicht erlernen.«

»Nein. Wahrscheinlich hat uns die allgütige Mutter Natur dazu bestimmt, dass wir nicht allein sein sollen!« Er sah sie ernst an.

Sie seufzte. »Ich gehe dir schon wieder auf die Nerven.

Entschuldige! Wir wollen von etwas anderem sprechen. Wie geht es deinen Eltern?«

»Gut. Sie fragten im letzten Brief, wie es dir geht.«

»Gut. Doch wir wollten von etwas anderem sprechen.«

»Beispielsweise von der Geschichte, an der du schreibst.«

»Damit du nicht zu reden brauchst! Aber meinetwegen.« Hallo trank einen Schluck, nahm sich eine Zigarette und begann: »Es war einmal eine bezaubernde junge Dame. Ja, man hätte sie beinahe herzig nennen können. Diese junge, beinahe herzige Dame hatte eine Abdullah-Zigarette in der Hand. Aber der böse Prinz, der neben ihr saß, gab ihr leider kein Feuer.«

Mintzlaff lächelte. »Entschuldige!« Dann zündete er ein Streichholz für sie an.

Sie rauchte einige Züge. Dann sagte sie: »Meine Geschichte handelt von einem jungen Mann, der mit Fug und Recht melancholisch geworden war. Nicht, dass das Glück ihn gemieden hätte. Man kommt bei einiger Charakterfestigkeit auch ohne Glück zurecht. Nein, das Glück mied ihn nicht, es neckte ihn. Und das ist auf die Dauer ein schier unerträglicher Zustand, o Herr. Siehe, das Glück streckte ihm bei jeder Gelegenheit die Hand entgegen. Doch sooft er zufassen wollte, zog es die Hand zurück.

Schließlich kam mein junger Mann zu einer entscheidenden Einsicht. Das Glück war ohne Frage ein schadenfrohes Kind, das in einem zoologischen Garten eine Mohrrübe an ein Gitter hielt. Hinter dem Gitter hockte ein kleiner gutgläubiger Affe, der eifrig nach der Mohrrübe griff – doch jedes Mal zog das schadenfrohe Kind die mehrfach erwähnte Mohrrübe wieder zurück und lachte affektiert.

Als sich der junge Mann zu der Auffassung durchgerungen hatte, dass er selber mit dem kleinen gutgläubigen Affen identisch sei und dass er dem grundlos boshaften Kinde, Glück genannt, nicht an den Hals könne, da die Direktion des Zoos vorsorglich Eisengitter hatte anbringen lassen – als der junge Mann das begriff, beschloss er in seinem traurigen Herzen, ein Engel zu werden.«

Hallo trank einen Schluck und drückte die Zigarette aus. »Er wollte sich umbringen. Mochte das schadenfrohe Glück andere Leute ärgern. Auf ihn würde es künftig verzichten müssen! Er kaufte sich für das letzte Geld, das ihm geblieben war, eine Fahrkarte nach Neapel! ›Ich will Neapel sehen‹, dachte er, ›und sterben! Der Anblick des blauen Golfs und des dicke Zigarren rauchenden Vesuvs wird mich glücklich stimmen, und ehe Fortuna zu einer ihrer berüchtigten Backpfeifen ausgeholt haben kann, werde ich nicht mehr sein.‹ So also dachte der junge Mann. Er freute sich auf den Tod. Er konnte ihn und es gar nicht erwarten. Aber es wurde nichts daraus.«

»Warum wurde nichts daraus?«, fragte Mintzlaff.

Hallo strich sich eine Locke aus der Stirn. »Er verlor die Fahrkarte«, sagte sie. »Er suchte und suchte, doch er fand sie nicht wieder. Und es war doch das letzte Geld gewesen! Nun war es mit seiner Geduld zur Melancholie endgültig vorbei. Jetzt wurde er wütend! Er hatte noch zwanzig Pfennige und fuhr, gegen Abend, mit der Stadtbahn in die Vororte hinaus. Später, als es dunkel war, kletterte er über Zäune auf das Gleisgelände und versteckte sich bis zur Nacht in einem Schuppen. Dann war es so weit. Denn nun musste bald der Nachtexpress, mit dem er nach Neapel hatte fahren wollen, daherbrausen. Der junge

Mann schlich sich aus dem Schuppen und legte sich auf die Schienen. Über ihm glänzten die Sterne. Er lag und wartete. Ihm fiel sein alter Geschichtslehrer ein, der ihnen begeistert die Abschiedsworte einer vorbildlich spartanischen Mutter vorgetragen hatte, deren Sohn sich von ihr trennte, um in den Peloponnesischen Krieg zu ziehen. Sie hatte ihm den Schild gereicht und geäußert: ›Mit ihm oder auf ihm!‹

Jetzt lag nun ein Schüler dieses alten Lehrers auf den Schienen, um ebenjenen Schnellzug zu erwarten, mit dem er eigentlich nach Neapel hatte fahren wollen. ›Mit ihm oder unter ihm!‹, dachte der junge Mann und lächelte grimmig zu den Sternen hinauf, die ihm zuzwinkerten, als seien sie gute Bekannte. Da ertönte das Läutwerk! Der Nachtexpress tauchte in der Ferne auf. Seine Lampen glühten wie die Augen einer schwarzen Katze. Er brauste donnernd näher. Der junge Mann legte beide Hände vor das müde Gesicht und wartete ergeben.«

»Und?«, fragte Mintzlaff, weil Hallo schwieg.

»Der Zug brauste pünktlich daher und verschwand, wie eine Rakete fauchend, in der Nacht. ›Nun bin ich also endlich tot‹, dachte der junge Mann und atmete erleichtert auf. Doch dann stutzte er. Unterschied sich der Tod so wenig vom Leben? Er kniff sich in den Arm. Es tat noch weh. Er lebte noch! Er setzte sich erschrocken hoch. Die Sterne zwinkerten ihm noch immer zu. Ihm war nichts geschehen!«

»Ein Wunder?«, fragte Mintzlaff.

»Nein«, sagte Hallo. »Gar kein Wunder!«

»Was sonst?«

»Der junge Mann hatte auf dem falschen Gleis gelegen.«

Was der Baron mittags auf der Schatzalp vorhergesagt hatte, traf am Abend in der Bar des Grandhotels ein.

Er bat Juana Fernandez, kaum dass sie einsam an ihrem gewohnten Tisch Platz genommen hatte, um einen Tanz. Und sie lehnte das Ansinnen ab.

Er verbeugte sich, allerdings nicht, wie sie und die neugierig starrenden Gäste dachten, um sich zurückzuziehen. Er setzte sich stumm neben sie und ergriff ihre rechte Hand. Es gelang ihr, trotz allen Sträubens, nicht, sich zu befreien. Er drehte die schmale braune Frauenhand so, dass er deren Innenfläche zu Gesicht bekam.

Die schöne Argentinierin war blass geworden. Sie flüsterte: »Gehen Sie! Lassen Sie mich los!«

Lamotte schüttelte, über ihre Handlinien gebeugt, schweigend den Kopf. Sie blickte sich ratlos im Saal um.

Einige Herren hatten sich erhoben und wollten ihr helfen, doch sie kamen nicht vom Fleck. Sie standen, verwundert auf ihre eigensinnigen Füße sehend, an ihren Tischen und sanken, einer nach dem andern, in die Stühle zurück.

Der Baron schien die Bewegung im Saal überhaupt nicht bemerkt zu haben. Jetzt hob er den Kopf und sagte mit gedämpfter Stimme: »Sie befinden sich in einem verhängnisvollen Irrtum. Sie quälen sich und sollten es nicht tun. Sie glauben, am Tod eines Mannes schuld zu sein, doch Sie sind nicht daran schuld.«

Juana Fernandez zog entsetzt ihre Hand zurück und wollte aufstehen. Er ergriff ihre Hand von neuem und fuhr ruhig fort: »Sie haben jahrelang, ohne es zu ahnen, unter einer Lüge gelitten. Es war übrigens ein Mann, der Sie so belog.« Er machte eine Pause. Dann sagte er: »Ein anderer Mann.«

»Weshalb hätte er lügen sollen?« Sie fragte gegen ihren Willen. Sie schämte sich, dass sie fragte.

»Weshalb er die Unwahrheit sagte? Weil er wollte, dass Sie unglücklich würden. Und das wollte er, weil Sie nicht ihm, sondern seinem Freund gehörten.«

Die Argentinierin atmete mühsam.

»Dieser Zweite ließ Ihre Handschrift fälschen, um den andern zu täuschen. Und er fälschte dessen Handschrift, um Sie zu verwirren.« Lamotte blickte die Frau an. »Glauben Sie mir nicht?« Ihre dunklen Augen glänzten. »Es könnte wahr sein«, flüsterte sie. »So könnte es gewesen sein.«

»Es war so. Als die gefälschten Briefschaften nichts nützten, ging er einen Schritt weiter. Auch der Selbstmord war eine Lüge.«

»Der Zweite ...« Ihre Stimme zitterte und versagte.

»Erschoss den anderen.«

»Sie waren Freunde.«

Lamotte nickte. »So entstand kein Verdacht.«

Sie schüttelte benommen den Kopf. Und ihre linke Hand schwebte wie im Traum zur Stirn. »Ich sollte nicht am Tode Diegos schuld sein?«

»Da Sie den einen Mann nicht mehr liebten, hoffte der andere, Sie zu gewinnen, wenn er jenen erst beseitigt hätte. Er bedachte nicht, dass es ihm dann noch weniger gelingen konnte. Er sah nicht voraus, dass der vermeintliche Selbstmord des Mannes, den Sie nicht mehr liebten, Ihr Herz der ganzen Welt entfremden würde.«

Ihr schönes Antlitz war bleich und außer Atem.

»Es waren schlimme Jahre für Sie«, sagte der Baron. »Tödliche, vergebliche Jahre. Sie haben sich, um einer fremden Schuld willen, viel Leid zugefügt.«

Sie hob hilflos die Schultern.

Er hielt noch immer ihre Hand in der seinen und schwieg. So saßen sie lange.

Endlich schaute sie ihn zögernd an und fragte leise: »Was soll nun werden?«

»Sie sollten es noch einmal mit dem Leben versuchen.«

Ihr Mund verzog sich zu einem schwachen Lächeln, das ihn rührte. Sie entzog ihm die Hand und griff nach der kleinen goldenen Handtasche.

»Nein«, sagte er. »Ich will, dass Sie bleiben. Ich lasse Sie jetzt nicht allein. Oder haben Sie nach der Tasche gegriffen, um mir die Rose zu zeigen, die sich darin befindet?«

Sie errötete. Nach einer Weile fragte sie ernst: »Woher glauben Sie es zu wissen, dass alles so gewesen ist?«

»Aus Ihrer Hand.«

»Jetzt lügen Sie.«

»Ja. Aber vorhin habe ich nicht gelogen.«

»Sie sind unheimlich.«

»Ich weiß, dass Sie das nicht schreckt.«

»Und wenn wirklich Diego von dem andern ermordet wurde – bin ich nicht auch dann noch schuldig?«

»Man muss dem Schuldgefühl Grenzen ziehen. Sonst bestünde ja das Leben bloß aus unvermeidlicher Schuld und hoffnungsloser Sühne. Es wäre eine unheilbare Krankheit, die mit der Geburt beginnt und erst mit dem Tode stirbt.«

»Vielleicht glaube ich Ihnen nur, weil ich Ihnen glauben möchte?«

»Nicht nur deshalb, man spürt, was wahr ist.«

Ihr Gesicht erfüllte sich mit lauter Schüchternheit. Und das war ein rührendes Schauspiel. Denn dieses Antlitz war dazu erschaffen, der Spiegel für größere, bedeutendere Empfindungen zu sein. Sie legte die Hand, die sie ihm entzogen hatte, auf das Tischtuch, in die Nähe seiner Hände, und sagte: »Können Sie nur die Vergangenheit erraten, oder wissen Sie auch die Zukunft?«

»Ich kenne auch die Zukunft.«

Sie schwieg und schaute ihn erwartungsvoll an.

»Ich kenne auch Ihre Zukunft«, fuhr er fort. »Sie werden mich lieben.«

Ihre Augen blieben ungläubig. »Ich habe den Männern und mir immer nur Unglück gebracht.«

Er lächelte. »Sie werden mich lieben, und wir werden ganz gewiss nicht unglücklich sein.«

Sie senkte den Kopf, griff in die kleine goldene Handtasche und legte die rote Rose auf den Tisch. »Das ist eine seltsame Blume«, meinte sie leise. »Sie verwelkt nicht.«

»Sie gleicht der Zukunft«, erwiderte der Baron.

Ihr Blick haftete auf der Rose. »Ich werde bald nach Argentinien zurückmüssen.«

»Wir werden zusammen fahren«, sagte er. »Wir werden den Mörder zwingen, die Wahrheit zu sagen, und dann wird er sterben. Nein, nicht durch den Henker. Er wird die Rechnung selber begleichen. Er hat die Wahl zwischen dem Tod und einem Leben, in dem ich ihm die Jahre, die Sie ertragen mussten, vergelten würde.«

»Dann bleibt ihm keine Wahl.« Sie fröstelte in der Erinnerung. »Es waren furchtbare Jahre.«

»Sie werden wieder atmen und lachen, als wäre die Vergangenheit nie gewesen.«

»Ich habe das Lachen verlernt.«

»Das Lachen verlernt man nicht«, sagte Lamotte freundlich. »So wenig wie das Schwimmen und das Tanzen.« Er machte eine kleine Pause. »Sie glauben mir nicht?«

Im gleichen Augenblick intonierte die Kapelle einen Tango. Der Baron beugte sich vor. »Nun?«

»Tanzen?« Sie erschrak und hob abwehrend die Hände.

»Kommen Sie!« Er nahm ihre Hand. Juana Fernandez sträubte sich eine Sekunde. Dann gab sie nach.

Die anderen Gäste schauten entgeistert auf das Parkett. Die Argentinierin tanzte! Mit einem fremden Mann, der erst gestern eingetroffen war! Man hatte sich so daran gewöhnt, sie einsam am Tisch sitzen zu sehen, dass man ihr Tanzen, so leichtlebig man selber war, geradezu als anstößig empfand.

Eine Dame aus Stockholm, die den Eintänzern internationaler Plätze Frackperlen zu schenken pflegte – als Gegenleistung für nicht nur auf dem Parkett erwiesene Dienste –, senkte angewidert die langen, angeklebten Wimpern und sagte zu ihrem jugendlichen Begleiter: »Sie sollte sich schämen!«

»Sehr richtig«, antwortete er. »Wenn diese Frau einen Tanz akzeptiert, so bedeutet das mehr, als wenn eine andere …« Dann schwieg er. »Ich gehe nach oben.« Die Dame aus Stockholm erhob sich. »Du kommst in zehn Minuten nach.«

Hallo und Mintzlaff waren aus dem Kurhaus in eine Bar übersiedelt, die »Chez nous« hieß und in der eine aus Negern und Mulatten bestehende Tanzkapelle am Werke war. Der Geiger benutzte als Fiedelbogen einen mit Wollfäden umwickelten Kleiderbügel.

Im »Chez nous« saßen vorwiegend Angelsachsen. Man

sagt ihnen bekanntlich nach, dass sie wegen des nebligen Klimas ihrer Heimat, also aus Gesundheitsrücksichten, viel Alkohol trinken müssen. Auch hier oben, fern vom Inselnebel, betrieben sie ihre traditionelle Vorsorge mit Bewunderung abnötigender Gewissenhaftigkeit.

Die Trinkpausen benutzten sie zum Tanzen. Manche von ihnen, auch weibliche Vertreter Albions, hatten die übermenschliche Fähigkeit, bis weit nach Mitternacht energisch gegen die bedenklichen Folgen des heimatlichen Nebels anzukämpfen und dennoch früh um acht wie ausgeruhte Teufel vom Weißfluhjoch nach Küblis abzufahren. Es war wohl Übungssache. Das Wort »Training« ist nicht zufällig englischen Ursprungs.

Hallo und Mintzlaff tanzten natürlich auch. Sie hatten seit Jahren die liebe Gewohnheit, immer wieder unübliche Schritte und Tanzfiguren zu erfinden und ernsten Gesichts auf dem Parkett vorzutragen. Das versetzte erfahrungsgemäß andere Paare in helle Aufregung, weil sie glaubten, ihnen noch nicht bekannte Tänze zu sehen, und sie ruhten nicht eher, als bis sie wenigstens die eine oder andere Figur begriffen und in ihr Repertoire aufgenommen hatten. Und sie konnten sicher sein, dass die Freunde in Birmingham, Kalkutta und Oslo später große Augen machen würden.

Als Mintzlaff und Hallo ihre dankenswerte Aufklärungsarbeit für vorläufig beendet ansahen, gingen sie heim. Der Wind schnitt wie ein schartiges Rasiermesser, und Hallo kuschelte sich zähneklappernd an den frierenden Freund.

»Kommst du noch ein wenig mit zu mir?«, fragte sie vor der Tür der Pension Edelweiß. »Ich lege mich hin, und du kraulst mir wie in alten Zeiten den Lockenkopf. Dabei erzählst du mir ein neues Märchen.«

»Einverstanden«, sagte er. »Aber nur, wenn wir nicht heimlich wie die Diebe über die Stiegen schleichen müssen. Dazu bin ich zu alt.«

»Komm nur!«, erwiderte sie. »Erstens habe ich einen Hausschlüssel. Und zweitens werde ich, falls uns jemand begegnet, schlagfertig erklären, du seiest mein soeben wiedergefundener Großvater.«

Sie gerieten unangefochten in Hallos Zimmer.

Das Mädchen ging, kaum dass sie Licht gemacht hatte, zu dem Nachttischchen, auf dem eine gerahmte Photographie stand. Sie nahm das Bild und schob es, so unauffällig wie möglich, in die Schublade.

Er sah, was sie tat. Aber er wusste nicht, wessen Bild sie versteckte. Und sie hätte sich eher die Zunge abgebissen, als zuzugeben, dass es sein Bild war.

Neuntes Kapitel

Dass Herr Mintzlaff am späten Vormittag im Smoking und in Lackschuhen durch den Davoser Schnee spazierte, hatte nichts mit professoraler Zerstreutheit zu schaffen. Um ehrlich zu sein: Er war in der Pension Edelweiß, wohin er sich in der Nacht vorher begeben hatte, um ein frei erfundenes Märchen zu erzählen, eingeschlafen und erst am Morgen aufgewacht.

Es ist kein ausgemachtes Vergnügen, einen internationalen Wintersportplatz am helllichten Tag in Smoking und Lackschuhen zu durchqueren. Dergleichen grenzt an Spießrutenlaufen.

Doch was sonst hätte er tun sollen?

Hallo hatte ihm, hinter der Fenstergardine verborgen, mit einem beinahe mütterlichen Lächeln nachgeblickt.

Mintzlaff hielt den Kopf wie ein gereizter Stier gesenkt, marschierte darauflos und war finster entschlossen, Passanten, die sich eine vorlaute Bemerkung gestatten sollten, kurzerhand in Klump zu schlagen und im kühlen Schnee zu verscharren.

Da lachte auch schon jemand neben ihm!

Mintzlaff blickte wütend hoch.

Aber es war Baron Lamotte. »Ihre Uhr geht wohl falsch?«, fragte er belustigt. Dann packte er den Bedauernswerten am Arm und zog ihn, ohne weitere Worte zu verlieren, eilig in den nächsten Laden. Es war ein Geschäft, das Herrenartikel führte.

»Was haben Sie denn mit mir vor?«, fragte Mintzlaff.

»Ihr Herr Stellvertreter kam gerade in Sicht. Ich fürchte, dass er uns gesehen hat.«

Ein Verkäufer tauchte auf. »Womit kann ich dienen?«

»Meinem Freund«, erklärte der Baron, »sind über Nacht sämtliche Anzüge gestohlen worden. Bis auf den Smoking, den er trug.«

»Entsetzlich!«, sagte der Verkäufer.

»Ganz recht«, entgegnete Lamotte. »Irgendetwas muss geschehen. Zeigen Sie uns einmal, was Sie an englischen Sportanzügen vorrätig haben.«

»Sofort, meine Herren! Darf ich vorausgehen? Sie werden bestimmt etwas Passendes finden.«

Der Verkäufer hatte richtig prophezeit. Eine Viertelstunde später glich Mintzlaff einem englischen Sportsmann.

So kletterte er, mit einem großen Paket versehen, in sein Hotelzimmer, riegelte ab, packte den Smoking aus und hängte ihn in den Schrank.

Als er erleichtert in die Halle zurückkehrte, drückte er dem Baron die Hand und sagte: »Ich danke Ihnen aus voller Kehle. Sie haben Ruf und Ehre eines deutschen Jünglings gerettet.«

Lamotte winkte lächelnd ab. »Kommen Sie, mein Bester. Wir wollen zum Eisplatz bummeln und den Skandinaviern zusehen, die für die Eislaufweltmeisterschaft am Sonntag trainieren. Ich liebe den Sport, und ich liebe die Geschwindigkeit.«

Kurze Zeit darauf saßen die zwei auf der Tribüne des großen Eisplatzes und tranken, weil es sehr heiß war, kühle Limonade.

Auf der spiegelnden Fläche zu ihren Füßen jagten tiefgebeugte junge Männer dahin. Sie hielten die Hände auf dem Rücken verschränkt, als gingen sie nachdenklich spazieren.

Doch spazierten sie keineswegs. Sie fegten stattdessen wie besessen und unaufhaltsam über das Eis. In den Kurven benutzten sie die Hände als Ruder. Dann wurden diese wieder hinter dem Rücken gefaltet. Es sah aus, als ob diese Schweden und Norweger hinterrücks beteten.

Nach einer Weile sagte Mintzlaff zögernd: »Übrigens, ich habe gestern von Ihnen geträumt.«

»So?« Der Baron tat, als interessiere ihn das Eislaufen mehr als alle Träume der Welt.

»Genaugenommen habe ich nicht von Ihnen, sondern von Ihrer Gattin geträumt. Doch es war viel von Ihnen die Rede.«

Lamotte grinste verlegen.

»Ihre Frau Gemahlin war ziemlich ungehalten über diesen Ausflug nach Davos.« Da keine Antwort erfolgte, wurde Mintzlaff unsicher. »Ich weiß natürlich nicht, ob mein Traum der … Wirklichkeit entsprach.«

Der Baron sagte: »Was die schlechte Laune meiner Frau anlangt, haben Sie sicher zutreffend geträumt.«

»Schließlich fiel ein Schild aus Ziegenfell von der Wand.«

»Ich musste ein bisschen blitzen und donnern lassen. Es ist zuweilen nötig, die Damen daran zu erinnern, wer der Herr im Hause ist.«

»Ich bin nicht kleinlich. Immerhin habe ich, als ich erwacht war, aus dem Gedächtnis eine Bilanz Ihres Liebeslebens aufzustellen versucht; natürlich nur, soweit die Quellen darüber Aufschluss geben, und ich muss sagen …«

»Sie dürfen nicht alles glauben«, sagte der Baron bescheiden. »Auch Historiker sind eitle Geschöpfe. Sie übertreiben freilich auf sublime Art. Sie renommieren mit ihren Gegenständen.«

»Trotzdem …«

»Trotzdem habe ich einiges auf dem Kerbholz. Da haben Sie schon recht.«

Mintzlaff begann die Namen etlicher Damen an den Fingern aufzuzählen: »Leda, Antiope, Io, Alkmene, Danae, Lamia, Demeter …« Er holte Luft und blickte den Baron fragend an.

»Ja, ja«, meinte dieser und zuckte ergeben die Achseln.

Der andere fuhr ungerührt fort: »Semele, Kallisto, Leto, Metis, Maia, Persephone, Themis, Mnemosyne …«

Lamotte hob beschwörend die Hände. »Hören Sie, bitte, auf! Ich finde es nicht sehr fein, dass man in Ihren Schulen derartige Dinge ausplaudert. Was sollen denn die Gymnasiasten von mir denken! Aber freilich, mit einem pensionierten Gott kann man machen, was man will!«

Mintzlaff ließ sich nicht beirren. »In Ihrer Eigenschaft als Gott mögen Sie sich ja im Ruhestand befinden«, sagte er, »doch als Mann, verzeihen Sie, sind Sie noch recht rüstig.«

»Was wollen Sie!«, erwiderte Lamotte. »Wer sich in der zweifelhaften Lage befindet, unbegrenzt fortleben zu müssen, ohne, außer in Büchern, seit nahezu zweitausend Jahren noch etwas zu gelten, hat es nicht leicht. Schon gar nicht, wenn er dazu verurteilt ist, ewig jung zu bleiben.«

»So hat jeder seine Sorgen«, meinte Mintzlaff. »Sie waren in diesen letzten zweitausend Jahren oft … verreist?«

»Gewiss! Man interessiert sich ja schließlich für den Planeten, auf dem man früher einmal einige Zeit angebetet wurde. Es ist eine Art Heimweh. Und ich will es nicht erst lange leugnen – wenn ich die europäische Geschichte studienhalber aufsuchte, ging ich den Frauen nicht gerade aus dem Wege. Bitten Sie mich nicht um Namen und andere Einzelheiten! Ich wäre imstande, Indiskretionen zu begehen. Es waren Königinnen darunter! Lassen Sie mich nur ganz allgemein feststellen: Es stimmt, dass sich die Menschen im Grunde wenig verändert haben, und das mag betrüblich sein. Doch auch die Frauen haben sich nicht verändert, und das, mein Lieber, ist höchst erfreulich.«

Sie schwiegen und blickten, jeder in seine besonderen Gedanken versunken, zu den Läufern hinunter, die noch immer vornübergebeugt die Bahn umrundeten. Die scharfen Kufen der Schlittschuhe schnitten wie Messerklingen in das unwillig knirschende Eis.

Mintzlaff sagte: »Es liegt mir fern, Sie über Ihre Erlebnisse mit dem weiblichen Nachwuchs der irdischen Geschichte auszuholen.«

»Bravo!«

»Aber etwas ganz anderes, was mich seit langem beschäftigt, wüsste ich brennend gern.«

»Das wäre?«

»Haben Sie auf Ihren Reisen auch andere Sterne des Weltalls kennengelernt?«

»Gelegentlich schon.«

»Und«, Mintzlaff zögerte, als habe er Angst weiterzufragen, »sind auch andere Sterne bewohnt?«

Der Baron fragte erstaunt: »Warum denn nicht?«

»Wie schön!«, murmelte der junge Kunstgelehrte. Er sah mit einem Male aus wie ein frommer Mönch, trotz der karierten Sportjacke und trotz der Skistiefel. Er schluckte ein paarmal, ehe er zu reden fortfuhr. »Obwohl es Milliarden Sterne gibt und obwohl die Menschen es wissen, glauben die meisten von ihnen nach wie vor, nur unser Planet sei bevölkert. Ich habe das nie einsehen können.«

»Es ist auch nicht einzusehen.«

»Nicht wahr? Das Feuerwerk der Gestirne durchfunkelt die Unendlichkeit, und nur ein einziges winziges Lichtpünktchen sollte belebt sein?«

»Es ist nicht nötig, dass Sie sich ereifern. Sie haben recht.«

Mintzlaffs Gesicht glänzte. Nach einer Weile umwölkte sich seine Stirn. »Und auf allen Sternen, soweit sie belebt sind, herrscht die gleiche halbe Vollkommenheit? Überall gibt es dieselben Zwei- und Vierbeiner? Ist das Weltall ein unendliches Klischee?«

»Wo denken Sie hin!«, entgegnete Lamotte aufgebracht. »Dass die unbekannte Macht an Phantasiemangel leide, kann wahrhaftig niemand behaupten!«

»Und es gibt vollkommene Sterne?«

»Soweit ich es beurteilen kann: Nein!«

»Nein?«

»Ich bin freilich nur wenig im Weltall herumgekommen«, sagte der Baron. »Auch die Götter Griechenlands wissen nicht alles. Auch sie sind Geschöpfe. Das dürfen Sie nicht vergessen. Auf dem Olymp, zwischen all unseren Burgen, steht ein einziger Tempel. Seine Inschrift lautet: ›Dem unbekannten Gott‹. Und die Götter opfern ihm.«

»Es lässt sich verstehen«, sagte Mintzlaff. »Wenn alle

Götter der historischen Religionen selber erst erschaffen worden sind und nun in dem jeweils von ihnen gepriesenen Paradies, auf unsterbliches Ruhegehalt gesetzt, weiterleben, ist es kein Wunder, dass sie nicht alles wissen können.«

»So ist es.«

»Da Sie nun aber doch ein paar Jahrtausende älter und erfahrener sind als wir – was für Gedanken machen Sie und Ihresgleichen sich über das, was sich sogar Ihrer Kenntnis entzieht?«

»Was ich Ihnen darüber erzählen kann, wird Ihrer Neugier nicht viel nützen. Aber meinetwegen! Wir gelangten zu der Auffassung, dass die unbekannte Macht verschiedene Möglichkeiten des Lebens ausprobiert.« »Als Junge«, sagte Mintzlaff, »schlug ich zuweilen mit nur einer Peitsche auf zwei Kreisel los und war gespannt, welcher der beiden zuerst umfiele.«

»Es ist zwecklos«, entgegnete Lamotte, »sich mit Vergleichen einer unvorstellbaren Vorstellung nähern zu wollen.«

»Trotzdem bleibe ich dabei: Ihre und unsere unbekannte Macht …«

»Ihr Erwin …«

»Wenn er die Welt sich selber überlässt, ist Erwin nichts weiter als ein kleiner kreiselnder Junge! Nur mit dem Unterschied, dass er noch mehr Arme hat als Wischnu und dass er Milliarden Kreisel peitscht! Man könnte, wenn Ihnen das besser gefällt, auch behaupten, er sei ein leichtsinniger Pyrotechniker, der das kostspielige Feuerwerk, ›Welt‹ genannt, abbrennt, nur um zu sehen, was aus den glühenden und erkaltenden Funken wird!«

»Seien Sie nicht so beleidigt! Lassen Sie Ihre Gefühle aus dem Spiel! Es handelt sich um kompliziert angelegte Versuchsreihen. Den Experimentator ...«

»Den Versucher!«

»Den Experimentator interessieren, obgleich auch das nicht gewiss ist, die Resultate. Um den Ablauf der Versuche kümmert er sich wohl nicht. Jedenfalls greift er nicht ein.«

»Und die von ihm erschaffenen Götter? Auch sie, seine Filialdirektoren, greifen nicht ein?«

»Sie kennen zwar die Zukunft, doch sie haben keine Macht, sie abzuwandeln. Glauben Sie im Ernst, die Götter Griechenlands hätten Ödipus blind in sein Schicksal hineinstolpern lassen, wenn sie das Unheil, das sie doch voraussahen, hätten ändern können?«

»Aber Ihre Zauberkunststücke?«

»Sie denken an den Vorfall in der Münchner Teestube? Nun, dass drei Menschen eine Minute lang erkannten, was in jedem von ihnen vorging, wird das Ende, das sie erwartet, nicht abwenden. Und ein Wunder, das keinen Wandel schafft, ist nicht viel mehr als ein Taschenspielertrick.«

Mintzlaff blickte auf die Eisbahn und die unermüdlich dahinjagenden Läufer. »Auch die Götter sind nicht zu beneiden«, murmelte er.

»Weiß Gott!«, sagte der Baron. »Das hätten Sie schon früher merken können! ›Götter und Menschen sind desselben Ursprungs‹, steht bei Hesiod.«

»Was soll man wünschen?«, fragte der junge Mann. »Der Dichter möchte vielleicht ein Schmetterling sein. Der Buddhist will überhaupt nichts sein. Der Tatmensch möchte ein Held werden und der fromme Christ ein Engel, eine Art Schmetterling im Honigkuchenhimmel seiner Phantasie. Ich bin kein Buddhist, kein Dichter, kein frommer Christ und kein Held.«

»Werden Sie, was Sie sind!«

»Sie wissen ganz gut, dass ich nichts anderes will. Doch ich bekam bis jetzt nur Vorwürfe zu hören.«

»Nicht des Ziels wegen.«

»Ich weiß, wegen der Mauer aus Glas.«

»Durch Mauern, auch durch gläserne, führt kein Weg, kein richtiger, nicht einmal ein falscher.«

›Zu werden, was man ist‹, dachte Mintzlaff, ›wäre ein wenig leichter, wenn ich wüsste, wer ich bin.‹

»Mit Wissen«, meinte der Baron, »hat das nichts zu tun. Es lässt sich nur erleben.«

»Sie wollen mich seit Tagen zur Planlosigkeit überreden. Ich wiederhole Ihnen, dass ich mir keine Umwege leisten kann. Die Zeit, die mir Ihr Experimentator lässt, ist zu knapp dafür.«

»Es gibt keine Umwege«, erklärte Lamotte.

Unten auf dem Eisplatz stolperte einer der Läufer in einer Kurve, fiel hin und schoss, mit allen vieren strampelnd, weithin über die spiegelglatte Fläche. Endlich blieb er liegen. Andere Läufer eilten ihm hastig zu Hilfe. Sein Trainer kam besorgt über das Eis gerannt, glitt wenige Schritte vor seinem Schützling gleichfalls aus und rutschte nun auf dem Bauch in die Gruppe der ahnungslosen Olympioniken hinein. Es sah aus, als rolle eine Kugel mitten in aufgestellte Kegel, und es wirkte auch so. Die Eisläufer wankten, hielten sich noch eine Weile taumelnd aufrecht, dann fiel einer nach dem anderen langsam, beinahe gemütlich, um. Sie lagen und saßen völlig verdutzt in einem unentwirrbaren Knäuel beisammen, und als sich ihre erste Verwunderung gelegt hatte, brachen sie in Gelächter aus.

»Alle neune!«, sagte Mintzlaff.

Lamotte erhob sich plötzlich. »Entschuldigen Sie, dass ich mich jetzt verabschiede.«

»Sie wollen schon wieder nach Griechenland zurück?«

»Nein, nein. So war es nicht gemeint. Ich fahre nur bis morgen Abend nach St. Moritz hinüber.«

Mintzlaff sah Juana Fernandez auf dem Weg, der die Eisfläche unterteilte, zögernd daherkommen. Jetzt blieb sie stehen und hob die Hand ein wenig, als wolle sie winken. Doch sie schien sich nicht recht zu trauen.

»Da werden Sie meinen Vortrag, den der andere hält, gar nicht hören können?«, fragte der junge Mann.

»Wo denken Sie hin!« Der Baron klopfte ihm auf die Schulter. »Diesen Spaß lasse ich mir nicht entgehen! Ich bin pünktlich zurück.«

Nach einem Händedruck lief er mit großen Schritten auf die Argentinierin zu, die lächelnd den lachenden Eisläufern zuschaute.

»Wer ist dieser Mann?«, fragte eine Frauenstimme.

Mintzlaff schrak auf und wandte sich um.

Es war Mrs Gaunt. Jene Engländerin, die der Baron in der Bar des Hotels Victoria zum Weinen gebracht hatte.

»Welcher Mann?« Er stand auf.

Sie richtete ihre kalten wasserfarbenen Augen starr auf ihn und zeigte in die Richtung, in der Lamotte verschwunden war.

»Eine Reisebekanntschaft. Ein Baron Lamotte. Mehr weiß ich auch nicht.«

»Sie sind infam«, sagte sie gelassen. »Sie wissen, wer er ist?«

»Das Vernünftigste wäre, Sie fragten ihn selber.«

»Er hat mich gedemütigt. Wissen Sie, warum er es getan hat?«

»Es mag sich um ein Vorurteil gehandelt haben.«

»Um eine Verurteilung. Und ich wüsste gern, wer sich zu meinem Richter aufgeworfen hat.«

»Sollten Sie dem kleinen Vorfall nicht doch zu viel Gewicht beimessen, gnädige Frau?«

»Ich habe Sie nicht um Ihre Meinung, sondern um eine Auskunft ersucht.«

»Es tut mir außerordentlich leid, aber ich bin nicht in der Lage, Ihnen die gewünschte Auskunft zu erteilen.«

»Sie sind kein Kavalier, mein Herr.«

Mintzlaff machte ein zerknirschtes Gesicht. »So ist es im Leben«, sagte er. »Sie baten mich um eine Auskunft, die ich Ihnen nicht geben konnte, und ich erhalte eine Auskunft, um die ich Sie nicht gebeten habe.«

Mrs Gaunt erwiderte nichts. Sie drehte sich um und schritt davon.

Zehntes Kapitel

Es war Mittwochabend, und die Stuhlreihen im Theatersaal des Kurhauses reichten, zu Mintzlaffs Verwunderung, kaum aus. »Kannst du das verstehen?«, fragte er Hallo, die neben ihm stand.

»Nein«, erwiderte sie. »Die Ärmsten werden nicht wissen, was sie sonst anfangen sollen.«

»Oder sie denken, dass ich, weil auf dem Plakat von Humor die Rede ist, Militärhumoresken und kitzlige Gedichte vortragen werde.«

»Du? Wieso denn du?«

»Natürlich er.«

»Vielleicht tut er's!«

Sie hatten Plätze in der ersten Reihe, genau vor dem Rednerpult. Der Direktor des Verkehrsvereins schüttelte Mintzlaff im Vorbeigehen die Hand. »Grüß Gott, Herr Doktor! Sie interessieren sich auch für den Humor und ähnlich ausgefallene Gegenstände?«

Neben den zwei Herren versuchte jemand ein Lachen zu unterdrücken. Es war selbstverständlich Hallo.

Als der Direktor gegangen war, flüsterte Mintzlaff: »Willst du dich gleich zusammennehmen?«

Sie schüttelte ablehnend den Kopf. Dann nickte sie grüßend. Er suchte ihren Blick zu verfolgen. »Ein Bekannter?«, fragte er leichthin.

»Nein. Ich grüße grundsätzlich nur Fremde«, antwortete sie. »Bist du eifersüchtig?«

»Möchtest du das?«

»Es wäre wunderbar. Obwohl es freilich nichts bewiese. Denn die Eifersucht, sagt Kaschmirutti, wird doppelt so alt wie die Liebe!«

»Kaschmirutti? Wer ist denn das nun wieder?«

»Kaschmirutti war ein weiser Parse, der eine entzückende Art hatte, banale Wahrheiten knapp und doch blumig auszudrücken.«

»Aha, wieder eine deiner dreisten Erfindungen!«

»Du sagst es, großer Häuptling. Meine neueste Schöpfung.«

»Kennst du noch andere seiner Aussprüche?«

»Aber Alfons! Ich bin doch die einzige Expertin! Ich besitze sogar einige seiner in parsischer Stenographie geschriebenen Manuskripte! Von ihm stammt auch der fundamentale Satz: Wenn es keine hohen Berge gäbe, gäbe es keine tiefen Täler!«

»Ein offener Kopf, dein Kaschmirutti.«

Hallo nickte seriös. Aber weitere Lebensweisheiten des stenographierenden Parsen konnte sie nicht mehr vorbringen. Denn auf dem Podium erschien der Vorsitzende der Davoser Kunstvereinigung. Man setzte sich. Stühle wurden gerückt. Man hustete. Ganz allmählich wurde es still.

Mintzlaff blickte bedauernd auf den leeren Stuhl zu seiner Linken.

»Dein Baron wird schon noch kommen«, murmelte Hallo. »Alfons, bist auch du so aufgeregt?«

Zärtlich drückte er ihre Hand.

Und dann begann der Vorsitzende der Kunstvereinigung die Begrüßungsworte abzuwickeln. Der Mann hatte ein barsches Gesicht mit einem buschigen Schnurrbart.

Es sei eine Freude – so behauptete er –, zu sehen, welches Interesse die Veranstaltungen der Kunstvereinigung fänden. Sogar der Vortrag eines im Trubel der heutigen Welt denkbar überflüssigen Menschen, eines Kunsttheoretikers, habe den Saal gefüllt. Das bereite ihm eine besondere Genugtuung. Denn einem internationalen Publikum vom Humor zu sprechen, erscheine ihm, dem Mediziner, keineswegs überflüssig. Die Menschheit habe den Humor, diese vitaminreichste Frucht der Heiterkeit, bitter nötig. Vielleicht seien sogar theoretische Erörterungen brauchbar, den Sinn für Humor bei Anfängern zu wecken und bei Fortgeschrittenen zu pflegen. Er hoffe es jedenfalls von Herzen und erteile nunmehr Herrn Professor Mintzlaff das Wort. Mintzlaff wollte sich, als er seinen Namen hörte, feierlich erheben. Erst als Hallo flüsterte: »Dass du mir sitzen bleibst«, und ihn am Rockärmel festhielt, besann er sich.

Der buschige Chefarzt verbeugte sich kurz, weil die Anwesenden freundlich applaudiert hatten. Dann öffnete er die Tür im Hintergrund. Im Türrahmen erschien der kleine elegante Herr »Professor«. Er trug einen Cutaway. Im Knopfloch befand sich eine weiße Nelke und in dem schmalen Vogelgesicht das anscheinend unvermeidliche Einglas.

Es wurde geklatscht.

Der Professor schüttelte dem Chefarzt die Hand. Dann schritt er federnd zum Rednerpult. Dort verbeugte er sich, lächelte eine Sekunde, legte, sich aufstützend, die Fingerspitzen gegeneinander und blickte, da es an der Saaltür laut wurde, mit hochgezogenen Brauen über die Stuhlreihen hinweg. Der Nachzügler war Baron Lamotte. »Sie sehen, ich halte Wort«, sagte er, als er sich neben Mintzlaff niederließ.

Dann wurde es still, und der Redner knüpfte an das abgebrochene Lächeln wieder an. »Meine Damen und Herren«, begann er und klemmte das Monokel fester, »erschrecken Sie, bitte, nicht, wenn ich, statt unmittelbar auf den Humor zu sprechen zu kommen, mit etwas ganz anderem beginne, und zwar mit dem, was man in der optischen Physik und in der Kunst die Perspektive nennt. Es gibt – im Hinblick etwa auf eine mit gleichartigen Bäumen bepflanzte Allee – zwei einander diametral entgegengesetzte Gesichtspunkte, die beide gültig sind. Erstens sind alle Bäume dieser Allee gleich groß. Zweitens sind die dem Betrachter am nächsten stehenden Bäume am größten und die am Ende der Allee am kleinsten. Beide Feststellungen sind richtig. Doch der Künstler muss sich für eine von ihnen entscheiden, sonst ergeht es ihm wie jenem Esel, dem die Wahl zwischen zwei Heubündeln so schwerfiel, dass er aus purer Unentschlossenheit verhungerte.«

Ein paar der Anwesenden, die von dem sagenhaften Esel noch nichts gehört zu haben schienen, lachten gutwillig.

»Keinem von Ihnen«, fuhr der falsche Professor fort, »dürfte es völlig unbekannt sein, dass sich die verschiedenen Malergenerationen zur Perspektive verschieden verhielten. In manchen Kunstepochen wurde die Wirklichkeit so darzustellen versucht, wie sie ist. Das bedeutet, um bei unserer eben erwähnten Allee zu bleiben: Alle Bäume waren gleich groß. In anderen Zeiten wurde dagegen die Wirklichkeit so abgebildet, wie sie vom Standpunkt des Betrachters aus erscheint, und das heißt: Die Bäume im Vordergrund waren groß, die am Horizont jedoch klein. Nun kann man auch heute noch die Meinung hören, das perspektivische Malen sei ein Zeichen künstlerischen Fortschritts. Demnach wäre die unperspektivische Malweise die Folge einer noch unentwickelten Sehweise. Denn niemand wird mir einreden können, dass ein Maler, der perspektivisch sieht, nicht imstande sei, die Gegenstände des Bildvordergrunds größer darzustellen als die im Hintergrund! Das perspektivische Sehen mag ein in prähistorischen Zeiten langsam errungener Fortschritt des Menschen sein. Und vielleicht teilte der Zeitgenosse der Saurier noch nicht die Auffassung des Alleebaums im Epigramm eines meiner Freunde, das ›Mitleid und Perspektive oder die Ansichten eines Baumes‹ überschrieben ist und folgendermaßen lautet:

Hier, wo ich stehe, sind wir Bäume,
die Straße und die Zwischenräume
so unvergleichlich groß und breit.
Mein Gott, mir tun die kleinen Bäume
am Ende der Allee entsetzlich leid!

Mögen alle unsere Voreltern im Tertiär oder im Diluvium, soweit sie schon Alleen besaßen, der Meinung dieses Alleebaumes gewesen sein oder nicht – die Maler des Mittelalters jedenfalls malten unperspektivisch, obwohl sie perspektivisch sahen. Es war der bedeutsame Entschluss, künstlerisch eher der Wirklichkeit selber als einer physiologisch bedingten Ansicht davon nahezukommen. Es war der bedeutsame Weg vom Anschein zur Anschauung. Und die Triebfeder war der Wille zum bewusst unperspektivischen Sehen!«

Hallo flüsterte: »Vielleicht ist er Augenarzt?«

Mintzlaff beugte sich zu ihr. »Er will unter meinem Namen eine Theorie starten.«

Der Redner blickte missvergnügt auf das in der ersten Reihe tuschelnde Paar.

Hallo konnte es sich nicht verkneifen, ihm eine Grimasse zu schneiden.

Er verlor für einen Augenblick die Fassung. Dann fuhr er fort: »Wenn Sie mir bis hierher überzeugt folgen konnten – dass nämlich das unperspektivische Sehen eine bewusste Leistung sein kann –, so ist die Grundlage für meine weiteren Ausführungen geschaffen. Für diejenigen unter Ihnen, die meine bislang erschienenen Arbeiten kennen, möchte ich anmerken, dass ich meine neueste Theorie heute zum ersten Male vor der Öffentlichkeit entwickle. Es braucht Sie also nicht wunderzunehmen, dass sich der Vortrag von meinen früheren Deutungsversuchen wesentlich unterscheidet. Arbeitshypothesen sind keine ewigen Werte. Sie dienen der Ordnung, und sobald sich ein geeigneteres Ordnungsprinzip gefunden hat, hat man die wissenschaftliche Pflicht, die überlebten Systeme zum alten Eisen zu werfen. Stillstand heißt auch hier Rückgang.« Der Baron rutschte unruhig auf seinem Stuhl hin und her. »Geht das nicht ein bisschen weit?«, flüsterte er.

Mintzlaff lächelte. »Stören Sie ihn nicht«, bat er. »Wenn er so fortmacht, kann es noch sehr lustig werden.«

»Na meinetwegen!«, knurrte der Baron.

Der Redner nahm das Einglas aus dem Auge und ein seidenes Tuch aus dem Jackett. Dann putzte er das Monokel und schwieg, ohne den Blick von den Störenfrieden abzuwenden. Auch als er Tuch und Glas wieder ordnungsgemäß untergebracht hatte, schwieg er noch. Seine Lippen waren vor Ärger ganz schmal geworden.

Plötzlich blitzte es in seinen Augen boshaft auf. »Es wäre möglich«, sagte er, »dass ich, trotz der Bemühung, allgemeinverständlich zu sein, noch nicht von allen verstanden worden bin. Deshalb will ich versuchen, mich dem gesteckten Ziel von einer anderen Seite aus zu nähern. Ich werde diesmal einen ausgesprochen konkreten Weg wählen, der Sie dem Wesen des Humors zuführen soll.«

Seine Stimme hatte sich wieder gesenkt und klang nun niederträchtig salbungsvoll. Er hob sich auf die Zehenspitzen und beugte sich weit vor. »Beispiele für Humor«, sagte er, »sind schwer beizubringen, da sich der Humor, so wie er verstanden sein will, nicht in der Anekdote, der Replik oder der Situation darstellt. Insofern ist der Humor beispiellos. Da ich nun aber genötigt bin, mit Beispielen zu arbeiten, werde ich von anderen Kategorien der Heiterkeit ausgehen. Vielleicht gelingt es mir, Ihnen durch Beispiele, die nichts mit Humor zu tun haben, näherungsweise klarzumachen, inwiefern sie das Komische, das Satirische oder das Witzige exemplarisch vertreten und, von hier aus, wie im Gegensatz dazu der Humor wesentlich beschaffen ist. Doch ich verliere mich schon wieder in für nicht alle Anwesenden verständliche Abstraktionen.« Hallo fragte leise: »Soll ich ein Pfund faule Äpfel besorgen?«

»Zu spät«, flüsterte Mintzlaff. »Die Geschäfte haben schon geschlossen.«

»Oder soll ich ihm das Monokel aus dem Auge spucken?«

»Sei schön brav!«, mahnte Mintzlaff.

»Das erste Beispiel, das ich Ihnen geben will, betrifft das spezifisch Komische!«, sagte der falsche Professor. »Stellen Sie sich, bitte, Folgendes vor: Morgen früh würde Ihnen, die Sie samt und sonders unterwegs sein werden, um in Sonne und Schnee Sport zu treiben, auf der Straße ein verlegen dreinblickender Herr in Smoking und Lackschuhen begegnen.«

Durch Mintzlaff ging ein Ruck.

»Wenn dieser Herr am hellen Morgen in Smoking und Lackschuhen absichtlich über die sonnenbeschienenen Straßen von Davos spazierte, wäre er vielleicht ein Narr, und somit hätte die Situation gar nichts Komisches an sich.«

Hallo krampfte die Hände ineinander. Ihr frisches, lustiges Gesicht war blass geworden.

»Doch wenn der Herr in der Nacht vorher, sagen wir, versehentlich in ein falsches Hotel gegangen und dort in einem fremden Zimmer, wiederum aus Versehen, eingeschlafen wäre, wenn er sich am Morgen darauf wohl oder übel entschließen müsste, in sein eigenes Hotel zu spazieren, und zwar in Smoking und Lackschuhen – dann wären die Voraussetzungen für eine komische Situation gegeben. Denn der Widerspruch zwischen dem Erwartungsgemäßen und dem Unangemessenen …«

Der Sprecher stockte plötzlich, als halte ihm jemand den Mund zu.

Mintzlaff blickte den Baron an. Lamotte hatte sich bequem im Stuhl zurückgelehnt und schlug gelassen ein Bein über das andre.

Der Redner bewegte den Mund, ohne dass ein Ton über seine Lippen kam. Er riss verwundert die Augen auf. Dann presste er den begonnenen Satz noch einmal hervor. »Dieser Widerspruch zwischen dem Erwartungsgemäßen und dem Unangemessenen …«, stammelte er, und dann war es wieder aus. Er schüttelte, mit sich höchst unzufrieden, den Kopf, legte das Einglas auf das Pult und glotzte geistesabwesend auf die Zuhörer.

Im Saal entstand eine leichte Unruhe.

›O weh‹, dachte Mintzlaff, ›das kann ja heiter werden!‹

Lamottes Mund umspielte ein mokantes Lächeln. »Strafe muss sein«, flüsterte er. Dann richtete er den Blick geduldig auf den sprachlosen Sprecher.

Wieder bewegte dieser die Lippen. Wie ein Fisch im Aquarium. Plötzlich gurgelten Töne aus der gelähmten Kehle. Und schon brüllte er: »Dieser Widerspruch zwischen dem Erwartungsgemäßen und dem Unangemessenen …« Dann war es von neuem vorbei.

Er zuckte resigniert die Schultern, machte kehrt und wollte gehen. Aber es war, als packe ihn eine große unsichtbare Hand am Kragen und zwinge ihn zum Bleiben. Es zog ihn, sosehr er sich sträubte, zum Pult zurück. »Entschuldigen Sie«, stotterte er. »Ich muss Ihnen … muss Ihnen ein Geständnis machen.« Doch dann bäumte sich sein Stolz auf, und er schrie: »Nein! Ich denke gar nicht daran! Dieser Widerspruch zwischen dem Unangemessenen … und … und dem bewusst Unper …« Mitten im Wort blieb ihm der Mund sperrangelweit offen. Schweiß trat ihm auf die Stirn. Er zitterte heftig. Ganz langsam hob sich der Unterkiefer. Die Lippen schlossen sich schmerzlich. Er senkte die Lider und sagte laut und deutlich: »Ich bin gar nicht Professor Mintzlaff!«

Die Zuhörer sahen einander verblüfft an. Der Abend

versprach also doch noch interessant zu werden. Nun, umso besser.

»Ich bin«, begann der Redner, »nein, ich sag es nicht!« Doch da zuckte er zusammen, fast als habe er hinterrücks einen kräftigen Tritt erhalten. Er drehte sich um. Aber es stand niemand hinter ihm. In seinen Augen tauchte Angst auf. »Also meinetwegen«, sagte er kläglich. »Ich bin ein Schwindler.« Er hatte endlich jeden Widerstand aufgegeben.

»Das ist ja großartig!«, zischte die Dame, die neben Hallo saß. Es war eine Frau Splettstößer aus Cannstatt. »Wir sind bis auf die Knochen blamiert! Wir gehen, Gudrun! Komm!« Das junge Mädchen, das sich in ihrer Begleitung befand, flüsterte: »Ja, Mama!«, und schaute betrübt in ihren Schoß aus Crêpe marocain. Fräulein Gudrun Splettstößer war auf den Herrn hinter dem Rednerpult sehr, sehr böse. Sie hatte ihn bei dem Bemühen, zarte Bande um sie und sich zu weben, in der letzten Woche nach Kräften unterstützt. Mama war auch nicht gerade kleinlich gewesen. Und nun lohnte er ihnen ihr Entgegenkommen so! Er war gar kein Professor! Was, um alles in der Welt, mochte er in Wirklichkeit sein? Womöglich ein Hoteldieb oder ein Straßenbahnschaffner!

»Komm!«, zischte die empörte Mutter.

»Verzeihen Sie mir tausendmal!«, sagte der Schwindler. »Ich bin nicht Professor Mintzlaff, sondern Prinz Friedrich von Ofterdingen.«

»Haha!«, meinten einige der Anwesenden.

»Lügt er schon wieder?«, fragte Mintzlaff seinen Nachbarn.

»Nein!«, erwiderte der Baron.

Der Redner trocknete sich die Stirn mit dem seidenen Tuch. »Es ist verständlich, dass Sie mir nicht glauben. Aber diesmal sage ich die volle Wahrheit. Ich bin Friedrich XXXXVII. von Ofterdingen.«

Fräulein Splettstößer wollte aufstehen.

»Willst du gleich sitzen bleiben, du dummes Ding?«, zischte die Mutter.

»Das Ganze begann«, erzählte der Prinz müde, »in einem Berliner Café, wo ich mich mit einem Freund getroffen hatte. Am Nebentisch saßen zwei junge Damen. Und die eine, die meines Wissens von der anderen Hedwig genannt wurde, berichtete, dass ihr vor Tagen Mintzlaff wiederbegegnet sei. Eigentlich müsse er übermorgen in Davos einen Vortrag über Humor halten. Nun habe er aber geschrieben, dass er erst in vier Wochen kommen könne.«

Hallo zog ein Gesicht, als habe sie Essig getrunken. Mintzlaff wusste das, ohne sie anzusehen. Warum musste auch dieser Trottel von einem Prinzen ausgerechnet dabei gewesen sein, als Hedwig einer Freundin, wahrscheinlich Lotte Kirbach, diese Sache erzählte! Und warum musste der Kerl hier, wo Hallo zuhörte, davon anfangen! Nun würde sie wieder traurig sein und das hinter einem Galgenhumor zu verbergen suchen, der ihm das Herz umdrehte. Und in ein paar Tagen würde sie, ganz nebenbei, fragen, wer denn Hedwig sei. Und dann würde er sie anlügen, um sie nicht noch mehr zu kränken. Und sie würde tun, als ob sie ihm Glauben schenke, nur um ihn nicht völlig zu verlieren. Es war ein schandbarer Zustand!

»Sie wissen schwerlich«, sagte Friedrich XXXXVII., »wie unangebracht einem Prinzen zumute ist, der mindestens ein Jahrhundert zu spät auf die Welt gekommen ist. So etwa muss sich ein Fleischermeister fühlen, der unter Vegetariern lebt. Man wird skeptisch bestaunt wie eine nicht zu entziffernde etruskische Vaseninschrift und ist überflüssiger als eine Stubenfliege. Kaum dass ich jenes Berliner Café verlassen hatte, beschloss ich, dem Abenteuer, das sich bot, nicht aus dem Wege zu gehen. Es schien alles sehr einfach. Professor Mintzlaff wurde erst in vier Wochen in Davos erwartet. Wissenschaftler sind keine Filmstars. Wer weiß schon, wie ein junger Gelehrter namens Mintzlaff aussieht! Wenn ich also etliche Tage nach dem Brief des wirklichen Professors hier auftauchen und erklären würde, ich sei Mintzlaff und hätte wider Erwarten nun doch früher abkommen können, so war mit ziemlicher Sicherheit anzunehmen, dass keine nennenswerten Schwierigkeiten entstünden. Auch hinsichtlich des Vortrags hatte ich wenig zu befürchten. Ich habe zehn Semester Literatur- und Kunstgeschichte studiert, kenne mich einigermaßen in den alten und neuen Kunsttheorien aus und darf sagen, dass ich mir überdies in mancher Hinsicht eigene Gedanken gemacht und eigene Ansichten gewonnen habe ...«

»Der Widerspruch zwischen dem Erwartungsgemäßen und dem Unangemessenen!«, rief jemand aus einer Ecke des Saals, und einige lachten.

Der Prinz tat, als überhöre er den Einwurf. »Ich kam hierher«, fuhr er fort, »wurde mit vorbildlicher Gastfreundschaft aufgenommen und war entschlossen, Ihnen meine Hypothese über den Humor als bewusst unperspektivische Erlebnisweise zu entwickeln. Was man einem dilettierenden Prinzen aus einem mediatisierten Hause niemals abgenommen hätte – einem Professor der Ästhetik hätte man es mühelos geglaubt.«

»Haha!«, meinte ein Zweifler.

»Doch, doch«, versicherte der Prinz. »Leider brach ich, aus mir unerfindlichen Gründen, den Vortrag ab, auf den ich mich wie ein Kind gefreut hatte, und demaskierte mich. Nun rettet mich nichts davor, dass Sie mich für einen kleinen Hochstapler halten, dem daran lag, ein paar Wochen kostenlos und gut verpflegt hier herumzulungern. Dieser Gedanke ist mir außerordentlich peinlich. Um einen solchen Verdacht zu beseitigen, werde ich der Kurverwaltung einen angemessenen Betrag für wohltätige Zwecke aushändigen.«

Frau Splettstößer aus Cannstatt klatschte, während sie gnädig nickte, in die Hände.

Der Prinz lächelte resigniert. Dann sagte er: »Ein zweiter Verdacht ist schwerer aus der Welt zu schaffen. Ich meine die naheliegende Vermutung, ich hätte Sie aus Langeweile oder Missachtung düpieren wollen. Nun, ich wies schon darauf hin, wie sehr ich gewünscht hätte, mich einmal zu bestätigen, und zwar nicht als Nachkomme von sechsundvierzig Vorvätern namens Friedrich, sondern als Fachmann meines Interessengebietes. Der Versuch wurde zu einem Fiasko. Ich hatte vor, Sie gut zu unterhalten …«

»Das ist Ihnen aber doch gelungen!«, rief jemand lachend.

Der Prinz zuckte zusammen.

»Lassen Sie ihn doch endlich im Erdboden versinken!«, flüsterte Mintzlaff mitleidig.

»Ich denke nicht daran!«, meinte der Baron. »Dem Herrn wird nichts geschenkt. Er hatte sich *schlecht* benommen. Jetzt mag er sich gefälligst den Direktor des Verkehrsvereins anhören. Das schadet ihm gar nichts.« Richtig, der

Direktor des Verkehrsvereins erhob sich, verbeugte sich ironisch vor dem erschöpften Prinzen und sagte: »Durchlaucht! Ich bin im Zweifel, ob der unprogrammmäßige Verlauf des Abends den Beifall aller Anwesenden findet oder ob nicht doch vielen unter ihnen der von uns eigentlich geplante Vortrag lieber gewesen wäre. Ihre Absicht, Durchlaucht, war, die Versammlung zum Narren zu halten. Plötzlich besannen Sie sich anders und machten, aus unbegreiflichen Gründen, sich selber, wenn ich mir die Bemerkung gestatten darf ...«

»Sie dürfen«, sagte der Prinz mürrisch.

»Danke ergebenst. Also, stattdessen machten Sie sich selber zum Narren.«

»Ich weiß nicht, warum ich es tat«, erklärte der Prinz und starrte unausgesetzt zu Fräulein Gudrun Splettstößer. Sein von Haus aus gescheites Gesicht wirkte jetzt, von ungewohnter Befangenheit erfüllt, namenlos töricht.

»Vielleicht schlug Ihr Gewissen?«, erkundigte sich der Direktor freundlich. »Das wäre ein schöner Zug.«

Friedrich XXXXVII. schüttelte unwillig den Kopf.

»Wie dem auch sei«, fuhr der andere fort, »ich jedenfalls bin in einen Gewissenskonflikt geraten, der mir sehr zu schaffen macht. Als Direktor des Verkehrsvereins freue ich mich, den Prinzen von Ofterdingen in unserem schönen Davos zu wissen. Das ist meine Pflicht. Als Mann mit Sinn für Späße muss ich sagen, dass ich mich bis jetzt nicht übel unterhalten habe. Das ist meine Privatangelegenheit. Als verantwortlicher Mitveranstalter dieses Abends endlich wäre ich nicht abgeneigt, den falschen Professor Mintzlaff ohne großes Federlesen der Polizei zu übergeben. Und das ...«

»Bitte nicht!«, rief Fräulein Splettstößer und wurde dann rot wie Klatschmohn.

Aller Augen hatten sich auf sie gerichtet.

»Bitte nicht«, wiederholte sie, diesmal freilich nur noch ganz leise.

»Einer so reizenden Fürsprecherin ist schwer zu widerstehen«, meinte der Redner. »Ich hoffe, dass die übrigen Anwesenden, wenn auch nicht mit der gleichen Begeisterung, derselben Ansicht sind wie die junge Dame. Wer unter den Herrschaften anders denkt, möge sich, bitte, von seinem Platz erheben!« Er sah sich abwartend um.

Es erhob sich niemand.

Der Direktor lächelte verbindlich. »Besten Dank. Das beweist nur, in wie vorbildlichem Maße Sie schon mit jenem Humor vertraut sind, über den heute Abend ein Berufener sprechen sollte. Nun, aus einer theoretischen Einführung wurde eine praktische Vorführung, und am Ende war das nicht einmal ein schlechter Tausch.«

Er sah auf die Armbanduhr. »Was aber beginnen wir mit dem angebrochenen Abend?« Sich wieder an den Prinzen wendend, fragte er: »Wollen Durchlaucht vielleicht in Ihren Ausführungen über das bewusst unperspektivische Sehen fortfahren?«

»Nein!«, rief der Prinz voller Entsetzen.

Der Direktor des Verkehrsvereins wandte sich an den Vorsitzenden der Kunstvereinigung. »Was soll geschehen, lieber Doktor? Wissen Sie einen Rat? Wir sind den verehrten Anwesenden noch eine gute Stunde Unterhaltung schuldig.«

Der Chefarzt rupfte an seinem buschigen Schnurrbart. »Ich könnte«, sagte er, »allenfalls über die hiesigen Heilerfolge bei Asthma und chronischer Bronchitis sprechen. Aber das Thema hat, muss ich zugeben, verdammt wenig mit Humor zu tun.«

Ein nett aussehender kleiner älterer Herr erhob sich zögernd. Es war der in Davos ansässige Besitzer eines international bekannten Schlittschuhgeschäftes. »Wenn sich gar nichts Passendes finden sollte«, meinte er bescheiden, »so könnte ich meinen Vortrag über die Entwicklungsgeschichte des Schlittschuhs wiederholen, den ich vorige Woche im Rotaryklub gehalten habe. Ich müsste nur vorher schnell einmal heimspringen und die verschiedenen Schlittschuhmodelle holen. Denn ohne diese Beispiele würde der Vortrag zu unanschaulich.«

Er blickte sich fragend um. Die Gäste lächelten verlegen. »Es war natürlich nur ein Vorschlag«, sagte er dann kleinlaut und setzte sich schnell.

Diesen Moment hielt Prinz Friedrich von Ofterdingen für geeignet, um sich aus dem Staube zu machen. Er kletterte hastig vom Podium herunter und schob sich an der ersten Stuhlreihe entlang.

Doch schon hielt ihn der Baron am Ärmel fest. »Sie wollen uns verlassen?«, fragte er. »Gerade jetzt, wo ich so eine aparte Überraschung für Sie habe?«

»Um Himmels willen!«, murmelte der Prinz erschöpft. »Eine Überraschung?«

»Ganz recht.« Der Baron steigerte seine Stimme. »Der Höhepunkt des Abends steht Ihnen allen noch bevor!«, rief er gutgelaunt. »Sie sind hier zusammengekommen, um Professor Mintzlaff zu hören. Der Herr nun, der seit einiger Zeit unter diesem Namen in Davos weilt, hat uns vorhin gestanden, dass er gar nicht der Professor Mintzlaff sei, sondern ein Prinz. Was würden Sie nun sagen, wenn der Professor trotzdem im Saal anwesend wäre?«

Die Zuhörer rissen die Augen auf.

»Professor Mintzlaff ist im Saal!«, rief Lamotte. »Er erfuhr telegrafisch von dem Vortrag, der offensichtlich ohne ihn stattfinden sollte, und kam eigens aus Berlin hierher, um das Schwindelmanöver aus der Nähe zu beobachten! Meine Damen und Herren, neben mir sitzt ein Herr, der sich in der Kurliste als ein Doktor Jennewein aus Leipzig eintrug. Dieser Doktor Jennewein ist der wirkliche Professor Mintzlaff!«

Das Publikum sprang von den Stühlen auf, um Mintzlaff zu sehen.

»So eine Niedertracht«, knurrte der Prinz wütend.

Der Baron musterte ihn kalt. Dann sagte er befehlend: »So, jetzt können Sie gehen!«

»Was fällt Ihnen denn ein?«, fragte der Prinz. »Ich lasse mir von Ihnen keine Vorschriften machen. Ich bleibe!« Doch da lief er schon, sosehr er sich auch sträuben mochte, mit hastigen Schritten auf die Saaltür zu! Es gelang ihm eben noch, den Kopf zurückzuwenden und Lamotte entgeistert anzustarren. Dabei fiel ihm das Einglas aus dem Auge. Und dann war er aus der Tür!

Die Doppelgänger

Es handelt sich um die ersten Kapitel eines Romans, den der Autor nach dem »Fabian« niederzuschreiben begann und dann, nach 1933, beiseitelegte. Ob es schicklich sei, Fragmente selber zu veröffentlichen, statt sie eines Tages veröffentlichen zu lassen, mag eine strittige Frage sein. Der Autor hält im vorliegenden Fall und in einigen weiteren Fällen den Vorgriff für statthaft.

Erstes Kapitel

Das vegetarische Attentat

Karl verriegelte die Tür seines Zimmers. Dann sah er sich um. Was blieb zu tun? Draußen regnete es unaufhörlich, und die Scheiben zitterten. Wer heute aus dem Fenster springen wollte, durfte den Schirm nicht vergessen. Karl ergriff die Wasserkaraffe, trat zu seinen Topfblumen und begoss sie. Die weiße Azalee, die Dutzende schneeweißer Blüten trug, schluckte das Wasser wie ein dürstender Mund. Nun war die Karaffe leer. Karl stellte sie aufs Fensterbrett, nickte den Blumen zu und setzte sich auf das dunkelrote Plüschsofa. Auf der gehäkelten Tischdecke lagen einige Briefe. Die Wirtin würde sie morgen in den Briefkasten werfen.

In diesem Augenblick klopfte es. Es klopfte dreimal.

»Wer ist da?«, fragte Karl.

»Maximilian Seidel«, antwortete eine tiefe, schwerfällige Stimme. »Ich bin Weinreisender und habe Ihnen ein Angebot zu machen.«

»Kommen Sie ein andermal!«

»Ein andermal ist es zu spät«, erwiderte die tiefe, schwerfällige Stimme. »Ich muss Sie sprechen.«

»Scheren Sie sich fort!«

»Nein«, sagte die Stimme, und die verriegelte Tür öffnete sich. Ein großer, bauchiger Mann trat ins Zimmer.

Er schaute sich suchend um, nahm den Hut ab und erklärte: »Hübsch haben Sie's hier!« Dann setzte er sich umständlich in einen der dunkelroten Plüschsessel und legte eine Ledermappe auf den Tisch. Den Hut schob er auf die Mappe.

»Was wollen Sie?«, fragte Karl. »Ich bin nicht gewöhnt, mich mit Menschen zu unterhalten, vor denen verriegelte Türen aufspringen.«

Der andere schien nicht zuzuhören. Nachdenklich, beinahe traurig, betrachtete er ein Glas Wasser, das mitten auf dem Tisch stand, holte asthmatisch Luft, lächelte langsam und sagte: »Die Sache ist die – Gott schickt mich zu Ihnen.«

Karl runzelte die Stirn. Dann beugte er sich zu einer Etagere, die neben dem Sofa stand, ergriff eine Zigarrenkiste und fragte: »Rauchen Sie?«

»Ich bin so frei«, entgegnete der Weinreisende, nahm eine Zigarre, biss ihr die Spitze ab und ließ sich Feuer geben. Nach einigen Zügen fragte er: »Fünfundzwanzig Pfennige?«

»Zwanzig.«

»Sehr preiswert.«

Die beiden Männer blickten einander nicht an.

»Ich erwähnte bereits«, fuhr Herr Seidel schließlich fort, »dass ich nicht als Weinreisender komme. Gott schickt mich. Er lässt Ihnen sagen, Sie möchten sich unverzüglich aufmachen und sich selber suchen.«

Karl stand auf. Er ging zum Schrank hinüber, holte eine Flasche heraus und hielt sie gegen das Licht. »Einen alten Korn?«

Der seltsame Gast blies blaue Rauchringe in die Luft.

»Sei's drum«, erwiderte er und schaute hinter einem der hochschwebenden, größer und blasser werdenden Ringe her.

Karl schenkte zwei Schnapsgläser voll und stellte sie auf den Tisch. Herr Maximilian Seidel ergriff sein Gläschen, machte eine knappe Verbeugung, murmelte: »Wohl bekomm's!«, und trank.

»Ich soll mich suchen?«, fragte Karl. »Sie kennen mich nicht. Ich habe nichts anderes getan!«

Der Weinreisende hustete herzhaft, erhob sich, spazierte über den Teppich und blieb vor den Blumen stehen. »Die weiße Azalee hat noch immer Durst«, sagte er entschlossen, kehrte zum Tisch zurück, holte das Trinkglas, das mitten auf der Häkeldecke stand, und goss das Wasser behutsam, als sei's Medizin, in den Blumentopf.

Karl schloss erschöpft die Augen.

Als er sie öffnete, saß Maximilian Seidel wieder neben ihm und meinte gutmütig: »Ich bin kein sehr bedeutender Engel. Wirklich nicht. Aber ich bin zuverlässig und habe ein ausgezeichnetes Gedächtnis. Ich kann noch heute die Jahreszahlen aller deutschen Kaiser auswendig. Soll ich?«

»Nein«, erwiderte Karl. »Ich wüsste keinen Kaiser, der mir helfen könnte.«

Der andere wiegte bedächtig den Kopf. »Man darf nicht verzweifeln. Sie sollen von hier fortgehen und sich suchen.«

»Soll ich mich auch finden?«

»Nicht, bevor Sie sich begegnet sind.«

»Ich werde mir begegnen?«, fragte der junge Mann betroffen.

Der Engel, der Seidel hieß, nickte wieder.

»Wo?«, fragte Karl.

»Droben im Gebirge. Im Kreis Friedberg. Dort gibt es einen Menschen, der Ihnen gleicht. Er ist Ihr Ebenbild. Wir fanden ihn, als wir Ihretwegen in der Gegenwart nachschlugen.«

»Wann soll ich gehen?«, fragte Karl.

»Sofort!« Der Weinreisende erhob sich ächzend. »Ihre Reise duldet keinen Aufschub. Brauchen Sie Geld?«

»Nein.«

Der Engel holte ein Notizbuch aus der Rocktasche, klappte es auf und strich eine Eintragung durch. »Das wäre erledigt«, meinte er. »Ein Engel hat es nicht leicht.«

Karl stand auf. »Das glaub ich gern.« Der andere steckte das Notizbuch weg und griff nach seinem Hut und der Aktentasche. »Besten Dank für die Zigarre und den alten Korn.«

»Nicht der Rede wert«, sagte Karl.

Der Weinreisende schüttelte den Kopf. »Viele werden ärgerlich, wenn man ihnen mitteilt, dass man ein Engel ist. Sie sträuben sich wie Kinder. Sie wollen die Wahrheit nicht glauben.« Er drehte sich um und betrachtete prüfend die weiße Azalee.

Sie war gestorben. Die Blüten lagen, rostbraun und welk, auf dem Teppich. Der Stamm war verdorrt. Die Blätter krümmten sich im Todeskrampf. Pflanzen sterben, ohne einen Laut von sich zu geben.

»Merkwürdiges Wasser trinkt man hier«, stellte Maximilian Seidel fest.

Karl senkte den Kopf und antwortete nicht.

»Sehr merkwürdiges Wasser. Viel später hätte ich kaum kommen dürfen.«

»Wie heißt der Mann, dem ich gleiche?«, fragte Karl leise.

Der Engel hob abwehrend die Hand. »Alles zu seiner Zeit.« Er schaute sich um, als habe er etwas Wichtiges vergessen. Dann nahm er die Briefe vom Tisch.

»Ich werde sie besorgen.«

Karl erschrak. »Das hat jetzt keinen Sinn mehr«, sagte er hastig.

»Ich tue meine Pflicht«, antwortete der andere. »Mein Auftrag lautet so.« Er verwahrte die Briefe aufs sorgfältigste, schwenkte den Hut und wandte sich zur Tür.

Die Tür ging von selber auf. Maximilian Seidel bückte sich und verließ das Zimmer.

Karl war allein. Nachdenklich betrachtete er den vergifteten, zerstörten Strunk, der noch vor zehn Minuten eine weißblühende Azalee gewesen war.

Plötzlich stand, verlegen hüstelnd, der Engel wieder im Zimmer und meinte: »Entschuldigen Sie, ich habe meine Zigarre vergessen.« Er nahm die noch glimmende Zigarre vom Aschenbecher, lächelte und verschwand. Karl blickte hinterdrein und sagte: »Gott befohlen!«

Zweites Kapitel

Die dreifältige Nase

›Also gut!‹ dachte Karl. ›Also gut, leben wir weiter!‹

Sein Koffer stand im Handgepäckraum des Bahnhofs Zoo. In zwei Stunden ging der Zug nach Friedberg. Karl hatte Zeit. Er saß in einem der großen Kaffeehäuser, die mit ihren Leuchtfronten aufdringlich zu der dunklen, verlassenen Gedächtniskirche hinüberzwinkern.

Das Café, in dem er saß, gehörte zu jenen Betonpalästen, die lediglich aus dem Dach und aus vier Wänden bestehen, an deren Innenseiten, in Stockwerken gestaffelt und durch breite Wendeltreppen verbunden, Emporen und Balkone kleben. Hinter den Brüstungen sitzen, in jedem Stock, viele Menschen, blicken um sich, unter sich oder über sich, trinken etwas Warmes oder etwas Kaltes und unterhalten sich oder suchen Unterhaltung. Im Parterre bietet eine Kapelle Konzertstücke dar, die man bis zum Überfluss kennt. Und in den Konzertpausen spielt in einem der Stockwerke eine Jazzband zum Tanz, der auf abseits gelegenen Parkettflächen stattfindet.

Solche Kaffeehäuser ähneln pompösen Theatern, bei deren Bau der Architekt die Hauptsache vergaß: die Bühne. Und in jedem Augenblick, glaubt man, könne und müsse der Gong ertönen, der Lärm verstummen und die Vorstellung beginnen. Doch die Bühne fehlt ja. Und die Zuschauer sitzen wartend da, lächeln, sind laut und wissen: ›Wir warten vergeblich.‹

Karl saß im Parterre und trank Bier. Er hob den Kopf und betrachtete die schreiend illuminierten Ränge und ihre mit vergeblich wartenden Menschen vollgestopften Logen und Nischen. Nein, er hatte nicht damit gerechnet, dergleichen wiederzusehen.

Es war neun Uhr am Abend. ›Eigentlich bin ich seit einer Stunde tot‹, dachte Karl. ›Es sollte keine Engel geben. Ein Engel namens Seidel hat mich zum transletalen Dasein gezwungen. Da haben wir's: Es gibt ein Fortleben nach dem Tode!‹

Er war nicht glücklich. Er hatte von ganzem Herzen gewünscht zu sterben. Er hatte sein Ende planmäßig vorbereitet. Ohne Koketterie, ohne Hass und ohne Hast. Daran, dass ins Jenseits Tapetentüren führten, hatte er nie geglaubt. Und nun hatte ein mit Wein reisender Engel letzte Grüße in den Briefkasten geworfen! Er war tot und lebte weiter. Und eine über und über weißblühende Azalee war statt seiner mit Gottes Hilfe und mit Hilfe einer kolloiden Lösung in wenigen Minuten verwelkt und gestorben. Ein Selbstmord hatte sich in ein Attentat auf eine Topfpflanze verwandelt.

Karl glich einem Mann, dem alle Ärzte übereinstimmend versichert haben: spätestens am 31. Mai sei er tot. Doch am 1. Juni muss er feststellen, dass er lebt, und muss mutmaßen, dass er noch lange weiterleben wird. Solch ein Mann ist übel dran. Er hat sich mit seinen Freunden verfeindet, damit sie ihn, stürbe er, nicht beweinen müssen. Sein Geld und die geheimsten Wünsche hat er verjubelt. Sein Haus hat er abgeschlossen, und der Schlüssel zum Tor liegt unter der Brücke im Fluss. Er hat sich vom Leben ausgesperrt, weil er sterben muss – und nun stirbt er nicht! Was soll er tun? Er ist nicht tot und nicht am Leben. Der Sinn des Daseins ist verblüht. Gäbe es Klöster für Ungläubige, dorthin müsste so ein Mensch. Aber solche Klöster gibt es nicht, und fremd, frierend und zwecklos steht er unterm Himmel.

Grab und Begräbnis sind bestellt. Die Träger kommen, den Sarg zu holen. Der Sarg ist leer. Und die livrierten Männer mit den schwarzen silberbordierten Dreispitzhüten kehren traurig um. So traurig waren sie bei noch keinem Leichenbegängnis!

Draußen auf dem Kirchhof blickt der Tote, der nicht hat sterben können, hinter einem Baum hervor und zum eignen Grab hinüber. Es regnet. Das Männerquartett steht unter Schirmen und trägt Schals. Atemlos kommt der Sakristan des Wegs. Die Feierlichkeit könne nicht stattfinden. Der Tote sei flüchtig!

Als alle andern gegangen sind, tritt der Mann hinterm Baum vor, wirft drei Hände Kies in seine Grube und entfernt sich verwirrt. Was wird er beginnen? Im Ernst, was beginnt solch ein Mensch?

Karl griff in die linke Brusttasche, holte einen Bleistift und etliche weiße Zettel heraus und sah sich um, ohne etwas zu sehen. Wie durch Dutzende schwerer Portieren gedämpft, drangen Lärm und Musik zu ihm. Er senkte den Kopf, runzelte die Stirn, nahm einen der Zettel und schrieb:

»*Rahmennotiz zu epischem Stoff:* 1. Station. Ein Mann, Mitte 30, soll aus medizinischen Gründen zu fixem Termin sterben. Glaubt Diagnose. Richtet Lebensrest auf terminiertes Ende ein. Verwirklicht – fieberhaft – seelisch, abenteuerlich, finanziell usw. alles bisher Versagte; Notwendiges und Überflüssiges. Lässt sich ausbluten. Termin kommt und vergeht: Der Mann lebt weiter! Als Fehldiagnose. Tatbestand: Alle Brücken abgebrochen. Alle Fäden zerschnitten. Monate ohne Fenster. Robinson im Tunnel. Lebender Leichnam.

2. Station. Was nun? Rekapitulation der Geburt. Voraussetzungsloses Dasein ab ovo. Neues Milieu. Herr Nemo. Neue Bindungen. Ende als Voraussetzung für Anfang.

3. Station. Unausbleibliche Komplikationen: Begegnung mit Vergangenheit. Auferstehung der Lebenden. Zweierlei Aggregatzustände der gleichen Person. Explosive Mischung. Explosion? Oder? Was soll werden?«

Karl steckte den eng beschriebenen Zettel in die Tasche, lehnte sich weit zurück und zog die Brauen hoch.

»Der Herr noch ein Pilsner?«, fragte jemand. Es war der Revierkellner. Karl nickte gleichgültig. Der Ober nahm das leere Glas vom Tisch und verschwand. Als er, nach kurzer Zeit, das zweite Pilsner brachte, hatte er Gelegenheit, sich über den Gast zu wundern. Der Gast lächelte ihm zu. Oder lächelte er mitten durch ihn hindurch? »Haben Sie noch einen Wunsch?«, fragte der Kellner zuvorkommend.

Der Gast antwortete nicht, sondern schob einen weißen Zettel vor sich hin, griff kopfschüttelnd zum Bleistift und murmelte: »Das sollten die Engel wissen!«

Der Ober zog sich verwirrt zurück.

Karl schrieb:

»*Charakteristikum des Schriftstellers:* Proponiert eignen Todestag. Unumstößlicher Termin. Höhere Gewalt verhindert Ausführung. Eine Stunde später skizziert Schriftst.

bereits Stichworte zu Roman, Thema Fortleben nach Tod. Also eigene Ausweglosigkeit wird selbsttätig und sofort objektiviert, wird epischer Plan und somit – eigner Ausweg! (Oder nur scheinbar?)

Bei Schr. Erfahrung und Phantasie organisch verbunden wie siamesische Zwillinge. Beider Mutter: die Neugier. Von der billigsten zur kostbarsten.«

Er steckte auch diesen Zettel in die Tasche, blickte um sich und merkte, dass er wieder sah.

›Also gut!‹, dachte er. ›Also gut, leben wir weiter!‹

Am Nebentisch hatte ein junges Mädchen Platz genommen. Der Kellner kam. Sie bestellte Tee und Kuchen und holte ein kleines silbernes Zigarettenetui aus der Handtasche. Der Kellner gab Feuer. Sie bedankte sich. Dann las sie in einer Zeitschrift. Mitten in der Lektüre schaute sie plötzlich auf und begegnete nicht ohne Hochmut Karls prüfendem Blick, senkte gelassen den Kopf und fuhr zu lesen fort.

Der Kellner brachte Tee und Kuchen und fragte etwas. Sie gab Antwort. Er ging. Sie trank einen Schluck, rauchte und las weiter. Doch nach kurzer Zeit sah sie, von Karls Blicken irritiert, erneut hoch. ›Ein seltsamer Mensch‹, dachte sie. ›Er mustert mich, als sei ich der schiefe Turm von Pisa und als schätze er meinen Neigungswinkel ab. Er stört mich, ohne mich zu meinen!‹

Karl griff zu einem dritten Zettel und wieder zum Bleistift und notierte: »*Die dreifältige Nase:* Beobachtung im Café. Blondine. 1. Hat normalerweise sanfte Stupsnase. Sehr feiner konkaver Schwung des Nasenrückens. 2. Beim Sprechen, offensichtlich bei Umlauten und betonten dunklen Vokalen, verschwindet subtiler Schwung.

Es entsteht völlig neues Profil. Nasenrücken wird linear gerade. Das Drollige weicht. Macht naivem Ernst Platz. 3. Wenn das Mädchen trinkt oder an glimmender Zigarette zieht oder Gesicht pudert, wandeln sich Nase und Gesicht noch einmal. Jetzt biegt sich Nasenspitze ein wenig nach unten. Es ergibt sich dezent konvexe Wölbung. Antlitz wird rassig. Ungewöhnliche Trinität des gleichen Profils.«

Die junge Dame spürte, dass sie nicht mehr beobachtet wurde, und blickte zu Karl hinüber. Er saß vorgeneigt und starrte einen dicken Herrn an, der zurückgelehnt und breitbeinig in seinem Sessel hockte, die Emporen betrachtete und sich in nahezu regelmäßigen Abständen am rechten Ohrläppchen zupfte. Es wirkte, als wolle er sich wecken.

Karl fixierte den dicken Herrn und schrieb. ›Oder zeichnet er?‹, dachte sie. Karl steckte ein paar Zettel in die Tasche und schob einen noch unbeschriebenen neben sein Bierglas. Ihm war ein Gedanke gekommen, den er für wichtig hielt. Er hatte in Stichworten die Ausdrucksfähigkeit eines Nasenrückens zu Papier gebracht. Desgleichen die für dicke kurzbeinige Männer einzig mögliche Art, auf unbequemen Stühlen zu sitzen. Nun trank er hastig einen Schluck Bier und schrieb:

»*Plan einer Propädeutik für Schriftsteller:* Entstanden aus einer Forderung an mich und hiermit an Autoren überhaupt. Wir müssten, gleich den Graphikern und Malern, das Skizzieren als beruflichen Brauch einführen. Eindrücke, Beobachtungen usw. sollten unmittelbar vorm Objekt präzise notiert werden. Blick und Sprachbeherrschung würden dauernd geschult und vervollkommnet. Erfahrung und Deskription würden fortschreiten.

Nicht nur das Sammeln von Stoffen, Episoden, Prozessberichten usw., wie bei vielen Autoren bereits üblich, ist angebracht. Sondern noch mehr und noch eher die Pflege einer primären Berufsvoraussetzung, sichtbare Wirklichkeit zu beschreiben! Denn das ist ja das Schwerste: augenfällig zugeordnete Tatsachen und Gegenstände im schriftlichen Nacheinander der Darstellung annähernd anschaulich wiederzugeben. Eine Broschüre hierüber – Prinzipielles und Beispiele enthaltend – wäre, als Unterstufe eines Leitfadens für Schriftsteller, notwendig. Beispiele vielleicht am lehrreichsten, wenn geschilderter Sachverhalt jeweils fotografisch beigefügt.

NB. Dieses ›Skizzieren‹ übrigens nicht nur Autoren nützlich. Sollte im Lehrplan der Schulen eingeführt werden. Deutsche Aufsätze gewöhnen üblicherweise an Entfernung von der Realität, an Phrasendrusch. Skizzieren mit Sprachmitteln, etwa auf Klassenausflügen, übt Beobachtungsschärfe und sprachlich prägnante Wiedergabe des Beobachteten.«

Karl hob den Kopf, fuhr sich mit der Hand über die Augen und sah sich erstaunt um. Nun hörte er wieder das Klappern der Tassen und Löffel und die vom Podium dringende Konfektionsmusik. Nun erkannte er wieder die müden Mienen der vergeblich Wartenden, die ihn umgaben. Und er begegnete dem Blick eines blonden jungen Mädchens … ›Das‹, dachte er, ›ist ja das Fräulein mit der dreifachen Nase. Ihr, der jungen Dame sowohl als auch der Nase, verdanke ich die Anregung zu meiner Propädeutik!‹

Dankbar und höflich verbeugte er sich.

Die junge Dame wusste nicht, worum es ging. Sie lächelte abweisend und begann in ihrer Handtasche zu kramen.

Drittes Kapitel

Rote Schlagsahne

Die folgenden Ereignisse vollzogen sich in wenigen Minuten. Karl glaubte unter den Menschen, die sich durch die Drehtür hereindrängten, Herrn Maximilian Seidel zu erkennen. Jenen umfangreichen und gebückt daherschreitenden Riesen, der Weinreisender und Engel in einem war.

›Der Himmel reicht heute tiefer als je‹, dachte Karl. ›Oder ist der Mann ein Doppelgänger meines Engels? Doppelgänger sind seit einer Stunde im Schwang.‹

Der Riese steuerte der Treppe zu und stieg langsam die teppichbelegten Stufen hinan. Jetzt tauchte sein Hut in der ersten Etage auf. Dann verschwand er hinter der nächsten Schraubenwindung der Treppe.

Karl überwachte die zweite Empore. Und da, während er die Brüstung nach dem Riesen absuchte, geschah's, dass oben, im zweiten Rang des Kaffeehauses, ein hektisch schmaler Mensch aufstand und einen Revolver an die rechte Schläfe presste!

Neben ihm saßen zwei junge Mädchen. Verkäuferinnen. Sie hatten sich heißgetanzt und Wermut getrunken. Und vom späteren Abend erhofften sie sich zärtliche Begleitung und ein bisschen von dem, was man eines Tages Glück nennen wird. Und nun stand dicht neben ihnen ein fremder blasser Mann, hob den Revolver gegen sich und schloss die Augen. Seine Lider zitterten. Die Kapelle, unten im Parterre, spielte den *Tannhäuser*-Marsch. Die beiden Mädchen öffneten die rotgemalten Lippen, als wollten sie schreien. An andren Tischen wurde man aufmerksam. Gäste sprangen auf und drängten zur Brüstung.

Der junge Mensch drückte ab. Nur die Umsitzenden hörten den Knall. Denn der *Tannhäuser*-Marsch klang lauter. Der junge Mensch wankte, sank langsam in die Knie und schlug mit dem Oberkörper dumpf auf die Plüschbrüstung. Der Kopf hing vornüber.

Die eben noch auf ihn zugeeilt waren, wichen, nun es zu spät war, zurück. Eine der kleinen hübschen Verkäuferinnen fiel in Ohnmacht. Die andere weinte staccato.

Unten im Café war der Vorfall nicht bemerkt worden. Die Leute lasen, rauchten und lachten, obwohl über ihnen der Kopf eines Toten schwebte. Sie wussten es noch nicht.

Plötzlich sprang im Parterre eine Frau auf. Sie kreischte verzweifelt. Der Stuhl fiel um. Sie zeigte auf den Tisch. Die Schlagsahne in ihrem Nickelbecher war rosa und wurde zusehends röter. Alles schaute nach oben. Alles erschrak. Verwirrung brach aus. Viele eilten bleich zur Garderobe und stürzten schaudernd aus dem Lokal. Die Kellner waren außer sich. Mehrere Gäste hatten zu zahlen vergessen.

Zehn Minuten später herrschte wieder Ordnung. Die Leiche befand sich in der Herrentoilette. Die Polizei war verständigt und ersucht worden, Zivilbeamte zu schicken. Jedes Aufsehen musste vermieden werden. Die Kapelle spielte fortissimo und ohne Atempause.

Auffällig war allenfalls, dass im Parterre, unter der Emporenbreitseite, einige Tische frei waren. Noch dazu die besten Tische im Café.

Aber auch das blieb nicht lange so. Neue Gäste kamen. Sie freuten sich, Platz zu finden. Und an dem Tisch, an dem vor kurzem irgendeine Frau kreischend aufgesprungen war, weil sich Schlagsahne rot gefärbt hatte, saß nun, neben einem kleinen mageren Herrn, irgendeine andere Frau. Eine ordinäre Person. Mit einem Ballonbusen und zwei Silberfüchsen.

Diejenigen, die den Selbstmord und die darauf folgende Bestürzung miterlebt hatten, starrten gebannt zu dem Tisch und der abscheulichen Frau hinüber.

Und diese Frau, die es nicht gewöhnt war, im Kreuzfeuer staunender Blicke zu sitzen, begann wie eine Rose zu blühen. Sie knöpfte die Kostümjacke auf, brachte die Seidenbluse zur Geltung und setzte den Hut ab, damit die zahlreichen Bewunderer auch Gelegenheit fänden, ihr junonisches Haupt zu würdigen. ›Welch ein Tag!‹, dachte sie erschüttert. ›Wie gut, dass ich noch nicht nach Hause wollte! Ich bin zu schade für Paul. Wenn er wenigstens nicht so krumm säße!‹ Sie begann die offensichtlich ihr geltenden Blicke feurig zu erwidern. Karl hielt dieses Missverständnis nicht länger aus. Er zahlte und ging. An der Drehtür stieß er mit Seidel zusammen. »Diesmal bin ich zu spät gekommen«, sagte der Weinreisende. »Wir sind zu wenig Leute.«

Draußen, vorm Kaffeehaus, wünschte er Karl gute Reise und entfernte sich, so rasch sein Gewicht das zuließ. Im Gehen holte er das Notizbuch aus der Tasche.

Briefe an mich selber

Es handelt sich um keine literarische Fiktion. Der Autor versuchte im Jahr 1940 tatsächlich, mit sich selbst zu korrespondieren.

Der erste Brief

Berlin, 12. Januar 1940
nachts, in einer Bar

Sehr geehrter Herr Dr. Kästner!

Hoffentlich werden Sie mir nicht zürnen, wenn Sie diese Zeilen morgen früh in Ihrem Briefkasten vorfinden. Dass ich Ihnen – obwohl ich weiß, dass es nicht nur ungewöhnlich, sondern, rundheraus, unschicklich ist, sich selber zu schreiben – einen Brief schicke, mag Ihnen beweisen, wie sehr ich wünsche, zu Ihnen vorzudringen.

Werden Sie, bitte, nicht ärgerlich! Werfen Sie den Brief nicht in den Papierkorb, oder doch erst, nachdem Sie ihn zu Ende gelesen haben! Gewährt es Ihnen nicht eine gewisse Genugtuung, dass ich Sie, unbeschadet unserer gemeinsam genossenen und erduldeten Vergangenheit, mit dem höflichen, Abstand haltenden »Sie« anrede, statt mit dem freundschaftlichen »Du«, das mir zustünde?

Ich kenne Ihren Stolz, der Zutrauen für Vertraulichkeit hält. Ich weiß um Ihr empfindsames Gemüt, das Sie, in jahrzehntelangem Fleiß, mit einer Haut aus Härte und Kälte überzogen haben, und ich bin bereit, darauf Rücksicht zu nehmen. Zurückhaltung bewirkt verdientermaßen Haltung. Wir, sehr geehrter Herr Doktor, wissen das, denn wir erfuhren es zur Genüge. Nun finde ich aber, während ich, von lärmenden und lachenden Menschen umgeben, Ihrer bei einer Flasche Feist gedenke: dass man die Einsamkeit nicht übertreiben soll.

Ich verstehe und würdige Ihre Beweggründe. Sie lieben das Leben mehr als die Menschen. Gegen diese Gemütsverfassung lässt sich ehrlicherweise nichts einwenden, was stichhaltig wäre. Und auch das ist wahr, dass man nirgendwo so allein sein darf wie in den zitternden Häusern der großen Städte.

Wer Sie flüchtig kennt, wird nicht vermuten, dass Sie einsam sind; denn er wird Sie oft genug mit Frauen und Freunden sehen. Diese Freunde und Frauen freilich wissen es schon besser, da sie immer wieder empfinden, wie fremd Sie ihnen trotz allem bleiben. Doch nur Sie selber ermessen völlig, wie einsam Sie sich fühlen und welcher Zauber, aus Glück und Wehmut gewoben, Sie von den Menschen fernhält. Sie sind deshalb bemitleidet und auch schon beneidet worden. Sie haben gelächelt. Man hat Sie sogar gehasst. Das hat Sie geschmerzt, aber nicht verwandelt.

Kein Händedruck, kein Hieb und kein Kuss werden Sie aus der Einsiedelei Ihres Herzens vertreiben können. Wer das nicht glaubt, weiß überhaupt nicht, worum es geht. Er denkt vielleicht an den tränenverhangenen Weltschmerz der Jünglinge, die sich vor drohenden Erfahrungen verstecken wie scheue Kinder vor bösen Stiefvätern. Doch Sie, mein Herr, sind kein Jüngling mehr. Sie trauern nicht über Ihren Erinnerungen, und Sie fürchten sich vor keiner Zukunft. Sie haben Freunde und Feinde in Fülle und sind, dessen ungeachtet, allein wie der erste Mensch! Sie gehen, gleich ihm, zwischen Löwen, Pfauen, Hyänen, gurrenden Tauben und genügsamen Eseln einher. Und obgleich Sie vom Apfelbaum der Erkenntnis aßen, wurden Sie aus diesem späten Paradies nicht vertrieben.

Trotzdem: Es ist nicht gut, dass der Mensch allein sei! Und wenn Sie schon anderen verwehren, bis zu Ihnen vorzudringen, sollten Sie wenigstens mir gestatten, Ihnen gelegentlich näherzukommen. Ich wähle, da ich uns kenne, den Weg über die Post. Zerreißen Sie den Brief, wenn Sie wollen, aber ich wünschte, Sie täten es nicht!

Mit den besten Empfehlungen
Ihr sehr ergebener
Erich Kästner

NB. Eine Antwort ist nicht nötig.

Anmerkung nach Empfang des ersten Briefs

Berlin, 13. Januar 1940
zu Hause

Vorhin klingelte der Postbote und brachte den Brief. Und nun, nachdem ich, ein bisschen verlegen, gelesen habe, was ich mir gestern Nacht schrieb, muss ich mir recht geben. Ich sollte wirklich mehr Umgang haben, mindestens mit mir, und wenigstens schriftlich!

Es tut wohl, von jemandem, dem man nahesteht, Briefe zu erhalten. Und, zum Donnerwetter, ich stehe mir doch nahe? Oder bin sogar ich mir selber fremd geworden? Mitunter habe ich dieses Gefühl. Dann wird mir unheimlich zumute, und es hilft nichts, dass ich vor den Spiegel draußen im Flur hintrete und mir eine kleine Verbeugung mache. »Gestatten, Kästner«, sagt der Spiegelmensch. Mein rechtes Auge lächelt aus seiner linken Augenhöhle. Es ist zuweilen nicht ganz einfach, gute Miene zu bewahren.

Ich werde mich wieder mit mir befreunden müssen. Wenn es nicht anders geht, meinetwegen auf brieflichem Wege. Schlimmstenfalls erhöhe ich bloß den Markenumsatz der Reichspost. Ich will nicht vergessen, stets einen Briefumschlag mit getippter Anschrift bei mir zu tragen. Es wäre doch recht fatal, wenn die Sekretärin dahinterkäme, dass ich mir selber schreibe.

Es lässt sich zwar kaum vermeiden, dass Schriftsteller etwas verrückt sind. Aber die meisten sind noch stolz darauf und tragen ihren Spleen im Knopfloch. Diese Leute sind mir zuwider. Man hat die verdammte Pflicht, sich nicht gehenzulassen. Kollegen, denen die Schöpfung einen sogenannten Künstlerkopf beschert hat, tun mir leid, weil sie ihn nicht umtauschen können; und ich wundere mich immer wieder, dass sie, statt sich ihrer auffälligen Gesichter insgeheim zu schämen, sie eitel zur Schau tragen, wie Barfrauen ein gewagtes Dekolleté.

Der zweite Brief

Berlin, den 19. Januar 1940
in einem Café am Kurfürstendamm

Mein lieber Kästner!

Früher schriebst Du Bücher, damit andere Menschen, Kinder und auch solche Leute, die nicht mehr wachsen, läsen, was Du gut oder schlecht, schön oder abscheulich, zum Lachen oder Weinen fandest. Du glaubtest, Dich nützlich zu machen. Es war ein Irrtum, über den Du heute, ohne dass uns das Herz wehtut, nachsichtig lächelst.

Deine Hoffnungen waren das Lehrgeld, das noch jeder hat zahlen müssen, der vermeinte, die Menschen sehnten sich vorwärts, um weiterzukommen. In Wirklichkeit wollen sie nur nicht stillstehen, weil sie Angst vor der Stille haben, nicht etwa vorm Stillstand! Ihr Weg ist der Kreis, und ihr Ziel, seine Peripherie immer schneller und möglichst oft zurückzulegen. Die Söhne überrunden die Väter. Das Ziel des Ringelspiels ist der Rekord. Und wer den gehetzt blickenden Karussellfahrern mitleidig zuruft, ihre Reise im Kreise sei ohne Sinn, der gilt ihnen mit Recht als Spielverderber.

Nun, Du weißt, dass Du im Irrtum warst, als Du bessern wolltest. Du glichst einem Manne, der die Fische im Fluss überreden möchte, doch endlich ans Ufer zu kommen, laufen zu lernen und sich den Vorzügen des Landlebens hinzugeben, und der sie, was noch ärger ist, für tückisch und töricht hält, wenn sie seine Beschwörungen und schließlich seine Verwünschungen missachten und, weil sie nun einmal Fische sind, im Wasser bleiben.

Wie unsinnig es wäre, Löwen, Leoparden und Adlern die Pflanzenkost predigen zu wollen, begreift das kleinste Kind. Aber an den Wahn, aus den Menschen, wie sie sind und immer waren, eine andere, höhere Gattung von Lebewesen entwickeln zu können, hängen die Weisen und die Heiligen ihr einfältiges Herz.

Sei es drum! Mögen sie weiterhin versuchen, aus Fischen rüstige Spaziergänger, aus Raubtieren überzeugte Vegetarier und aus dem Homo Sapiens einen homo sapiens zu machen! Du jedoch ziehe Deinen bescheidenen geistigen Anteil, den Du an diesem rührenden Unternehmen hattest, mit dem heutigen Tage aus dem Geschäft! Du bist vierzig Jahre alt, und Dich jammert die Zeit, die Du, um zu nützen und zu helfen, hilflos und nutzlos vertatest! Mache kehrt, und wende Dich Dir selber zu!

Der Teufel muss Dich geritten haben, dass Du Deine kostbare Zeit damit vergeudetest, der Mitwelt zu erzählen, Kriege seien verwerflich, das Leben habe einen höheren Sinn als etwa den, einander zu ärgern, zu betrügen und den Kragen umzudrehen, und es müsse unsere Aufgabe sein, den kommenden Geschlechtern eine bessere, schönere, vernünftigere und glücklichere Erde zu überantworten! Wie konntest Du nur so dumm und anmaßend sein! Warst Du denn nur deshalb nicht Volksschullehrer geblieben, um es später erst recht zu werden?

Es ist eine Anmaßung, die Welt, und eine Zumutung, die Menschen veredeln zu wollen. Das Quadrat will kein Kreis werden; auch dann nicht, wenn man es davon überzeugen könnte, dass der Kreis die vollkommenere Figur sei. Die Menschen lehnen es seit Jahrtausenden mit Nachdruck ab, sich von uneigennützigen Schwärmern zu Engeln umschulen zu lassen. Sie verwahren sich mit allen Mitteln dagegen. Sie nehmen diesen Engelmachern die Habe, die Freiheit und schließlich das Leben. Nun, das Leben hat man Dir gelassen. Sokrates, Campanella, Morus und andere ihresgleichen waren gewaltige Dickköpfe. Sie rannten, im Namen der Vernunft, mit dem Kopf gegen die Wand und gingen, dank komplizierten Schädelbrüchen, in die Lehrbücher der Geschichte ein. Die Wände, gegen die angerannt wurde, stehen unverrückt am alten Fleck, und nach wie vor verbergen sie den grenzenlosen Horizont. Deshalb riet Immanuel Kant, zum Himmel empor und ins eigene Herz zu blicken. Doch auch davor scheuen die Menschen zurück, denn sie brauchen Schranken; und wer sie beschränkt nennt, sollte das gelassen tun, und nicht im Zorn.

»Wer die Menschen ändern will, beginne bei sich selbst!«, lautet ein altes Wort, das aber nur den Anfang einer Wahrheit mitteilt. Wer die Menschen ändern will, der beginne nicht nur bei sich, sondern er höre auch bei sich selber damit auf!

Mehr wäre hierüber im Augenblick nicht zu schreiben. Der Rest verdient, gelebt zu werden. Versuch es, und sei gewiss, dass Dich meine besten Wünsche begleiten!

Dein unzertrennlicher Freund
Erich Kästner

PS. Vergiss nicht, der Sekretärin aufzutragen, dass sie ein paar Blumen besorgt und auf Deinen Schreibtisch stellt! Ich weiß, wie sehr Du es liebst, über Flieder oder Tulpen hinweg auf die verschneiten Dächer zu blicken.

Ja, und an dem braunen Jackett fehlt ein Knopf. Du hast ihn in die rechte Außentasche gesteckt. Die Aufwartung soll ihn sofort annähen.

Übrigens: Dass eine Aufwartefrau auch eine »Aufwartung« genannt wird, ist recht bezeichnend. Das Verbalsubstantiv, das die im Zeitwort enthaltene Handlung ausdrückt, genügt offensichtlich, da man eine solche Angestellte, unbeschadet ihrer weiblichen Eigenschaften, zwar als eine personifizierte Tätigkeit, dagegen als Frau eigentlich gar nicht zur Kenntnis nimmt.

Gute Nacht, mein Junge!